Granville

DISCARD

La pasión más fuerte
EMILIE ROSE

Editado por HARLEQUIN IBÉRICA, S.A.
Núñez de Balboa, 56
28001 Madrid

I.S.B.N.: 978-84-9010-260-2
Depósito legal: B-41176-2011
Editor responsable: Luis Pugni
Fotomecánica: M.T. Color & Diseño, S.L. Las Rozas (Madrid)
Impresión en Black print CPI (Barcelona)
Fecha impresion para Argentina: 13.8.12
Distribuidor exclusivo para España: LOGISTA
Distribuidor para México: CODIPLYRSA
Distribuidores para Argentina: interior, BERTRAN, S.A.C. Vélez
Sársfield, 1950. Cap. Fed./ Buenos Aires y Gran Buenos Aires,
VACCARO SÁNCHEZ y Cía, S.A.
Distribuidor para Chile: DISTRIBUIDORA ALFA, S.A.

Capítulo Uno

—Las revistas del corazón ya están hablando de ti otra vez —Megan Sutherland tiró la revista sobre la mesa de la cocina, delante de Xavier, y se inclinó para darle un beso en el cuello.

Como siempre, su proximidad la hizo sentir un escalofrío de emoción. Cualquier día, las palabras que intentaba contener iban a escapar de sus labios sin que pudiese evitarlo pero en aquel momento se mordió la lengua porque sabía que él no estaba preparado para escucharlas. Ni para saber la noticia.

Megan se apartó para servirse un café.

—Las revistas se vuelven muy creativas cuando hablan de un millonario, ¿verdad? —bromeó, esperando que Xavier sonriera.

Pero no lo hizo.

—¿Has oído lo que he dicho?

—Sí, lo he oído —su seria expresión mientras ojeaba la revista asustó a Megan. Y cuando en sus ojos verdes vio un brillo de determinación se le encogió el estómago.

—Están mintiendo, ¿verdad? —le preguntó, con voz ronca.

—No —respondió Xavier.

Megan tuvo que soltar la taza de café para agarrarse a la encimera de la cocina. En realidad no debería tomar café, pero hasta que los médicos le confirmasen la noticia…

No, ella sabía sin la menor duda que esperaba un hijo de Xavier.

—Pero el artículo dice que esa rubia es tu prometida, que vais a casaros dentro de un año.

—Y es correcto.

Megan lo miró, paralizada.

—¿Y nosotros?

—Esto no tiene nada que ver con nuestra relación, Megan. Mi matrimonio fue acordado hace años.

—¿Hace años? —repitió ella—. ¿Llevas años comprometido con otra mujer y no me lo habías dicho?

—Era irrelevante —dijo Xavier—. Nuestra aventura debería haber sido eso, una aventura sin importancia. Y tú lo sabías.

Una aventura sin importancia. Que la hubiera pisoteado un caballo le habría dolido menos.

—Sé que al principio acordamos que sería una relación sin ataduras, pero…

En algún momento, durante los últimos seis meses, se había enamorado de Xavier Alexandre, con sus anticuadas maneras, su sofisticación y su habilidad en la cama. Y ahora quería algo más que una aventura, quería algo para siempre. Como no se habían separado en todo ese tiempo, pensaba que él sentía lo mismo.

—No hay ningún pero —la interrumpió él—. Es mi obligación casarme con Cecille.

4

Cecille. El nombre sonaba como el chasquido de un látigo.

—¿Estás enamorado de ella?

—Mis sentimientos no importan.

—A mí sí.

—Es una transacción comercial, nada más.

Una transacción comercial. ¿Cómo podía el hombre más apasionado que había conocido nunca mostrarse tan frío sobre algo tan importante como el matrimonio?

—¿Te acuestas con ella?

—Eso no tiene por qué preocuparte.

—¿Que no tiene por qué preocuparme? —exclamó ella—. Nos hemos acostado juntos cada noche durante estos últimos seis meses, creo que tengo derecho a saber si te acuestas con otra mujer.

—No ha habido otra mujer en mi vida desde que te conocí. ¿Eso te complace, *ma petite?*

Debería sentirse reconfortada por esa admisión, pero no era suficiente.

—¿Entonces te vas a casar?

—Es una cuestión de honor.

—¿Honor? ¿Dónde estaba tu honor cuando me hacías creer que había un futuro para nosotros?

—¿Te he hecho alguna promesa que no haya cumplido? —le preguntó él.

—No, pero pensé… —Megan sacudió la cabeza—. Yo esperaba que nos casáramos algún día, que formásemos una familia.

—¿No te dije desde el principio que nunca podría ofrecerte matrimonio? Y tampoco voy a tener un

5

hijo ilegítimo, por eso siempre hemos usado preservativo.

Megan no podía tolerar la píldora anticonceptiva y los preservativos no eran seguros al cien por cien, como ella misma acababa de descubrir.

Estaba esperando un hijo, pero Xavier no lo sabía. Se había hecho la prueba esa misma mañana y pensaba contárselo por la noche, durante una cena íntima. Cuando encontrase las palabras adecuadas.

Pero todo había cambiado de repente y si Xavier iba a casarse con otra mujer, no había palabras para solucionar la situación.

—Perdóname por haber tenido la impresión de que lo habías reconsiderado cuando compraste esta casa al lado de tu finca y me instalaste en ella. Y cuando me seguiste por todos los circuitos del Grand Prix para acostarte conmigo.

—Y para verte montar mis caballos —le recordó él—. Tres inversiones muy caras, por cierto. Lo hemos pasado bien juntos y tengo intención de seguir disfrutando de tu compañía hasta el último momento.

—Hasta que me dejes por ella —dijo Megan, indignada—. Pero imagino que tu prometida tendrá algo que decir.

—Cecille no tiene nada que decir sobre mi vida privada ni yo sobre la de ella. Como te he dicho, nuestro matrimonio es un acuerdo. Ni ella ni yo nos hacemos ilusiones sobre algo tan frágil como el amor.

El amor de Megan no era frágil; era como un

enorme agujero en su corazón que se llevaría hasta la tumba.

Xavier dobló su servilleta antes de levantarse, pero Megan no podía mirar sus aristocráticas facciones. Más específicamente, no quería ver la falta de ternura que solía iluminar sus ojos verdes cuando la miraba.

En ese momento parecía el implacable empresario que era. Nada que ver con el hombre al que creía conocer, equivocadamente por lo visto, y del que se había enamorado; el hombre que la trataba como si fuera algo precioso y que no esperaba que cambiase absolutamente nada de ella misma.

El inmaculado traje italiano se ajustaba a sus poderosos músculos, que entrenaba todos los días en el gimnasio que había instalado en el dormitorio de invitados...

Iba vestido para subir al helicóptero que lo llevaría a las oficinas de Perfumes Alexandre, en Niza. Para él no había atascos de tráfico, sencillamente volaba sobre ellos y aterrizaba en el tejado de su oficina.

Pero esta vez, cuando se marchase, Megan no esperaría ansiosamente su regreso. No, porque habría estado con ella, la mujer con la que iba a casarse, la mujer que no era una aventura sin importancia.

Xavier dejó escapar un largo suspiro.

—No hay por qué ponerse melodramática. Nuestra relación seguirá como hasta ahora, tenemos casi doce meses por delante.

—¿Esperas que me acueste contigo mientras estás

prometido con otra mujer? –exclamó Megan–. ¿Y luego qué, ver cómo te casas con ella y te olvidas de mí? ¿De todo lo que hemos compartido, como si estuvieras descartando un traje viejo?

–Nunca te olvidaré, Megan –Xavier levantó una mano para acariciarle la cara.

–¿Y si te pido que elijas entre ella o yo?

–No.

El inflexible monosílabo destrozó sus sueños y esperanzas. Pero ella no sería «la otra mujer», no suplicaría su atención ni aceptaría las migajas que le tirase.

¿Y el hijo que estaba esperando?

¿Y su carrera como amazona?

¿Su casa?

De repente, había perdido todo aquello con lo que contaba en su vida. Necesitaba pensar, hacer planes, encontrar una salida, y no podía hacer eso con Xavier mirándola.

–Tengo que ir a los establos.

–Megan…

–No puedo hablar de esto ahora mismo. Tengo caballos y clientes a los que atender.

–Esta noche entonces.

Megan apenas pudo contener un bufido de incredulidad. ¿De verdad creía que iban a cenar juntos? ¿Para luego irse a la cama y dormir en sus brazos mientras pensaba en Cecille?

No, imposible.

Estaba terminando de ponerse la ropa de montar cuando recibió un mensaje en el móvil. Pero, incapaz de hablar con nadie en aquel momento, lo guardó en el bolsillo de la chaqueta sin mirar la pantalla y salió corriendo de lo que hasta aquella mañana había sido su paraíso; una casita de ensueño, parte de la vida de ensueño que Xavier había creado para los dos.

En la distancia oyó las aspas del helicóptero. Xavier ya se había ido, como si aquel día en el que había destrozado su vida, fuera una rutina, algo normal para él.

Megan corrió hacia el establo pero tuvo que detenerse bajo un árbol para buscar aliento. Se apoyó en el tronco con los ojos cerrados y al pasarse una mano por la cara sintió algo húmedo en los dedos...

No eran lágrimas, era sudor. Ella nunca lloraba. Nunca. Las lágrimas eran inútiles y no arreglaban nada. Pero maldito fuera Xavier, la había hecho llorar por primera vez desde que supo del accidente de avión en el que había muerto su familia.

Estaba embarazada y el único hombre al que había amado en toda su vida, el padre de su hijo, iba a casarse con otra mujer.

Y había dejado bien claro que no quería un hijo.

¿Lo quería ella?

Dadas las circunstancias, no estaba segura.

Una parte de ella quería tener la prueba de su amor por Xavier en los brazos pero el sentido común le decía que un niño no casaba bien con el circuito del Grand Prix. Sólo un puñado de amazonas podía combinar la maternidad y la competición y lo hacían con la ayuda de niñeras y esposos. ¿Podría hacerlo ella sin la ayuda de Xavier? Trabajaba muchas horas, a menudo siete días a la semana, y los viajes eran constantes.

¿Qué clase de madre podría ser con ese horario de trabajo?, se preguntó.

Sí, seguir adelante con el embarazo sería increíblemente complicado. ¿Y cómo iba a esconder su estado? El embarazo no tardaría muchos meses en notarse.

¿Intentaría convencerla Xavier para que abortase o lucharía por la custodia del niño? ¿Se mostraría posesivo con un hijo que no habían planeado?

Daba igual. No iba a arriesgarse a dejar que Cecille criase a su hijo. No lo dejaría en manos de alguien que podría no quererlo. Alguien que podría estar resentido por la existencia de un hijo que no era suyo.

Ella había pasado por eso. Tras la muerte de su familia, su infancia había sido un desastre. Aunque su tío la había acogido en su granja, siempre había dejado claro que era una carga, una extraña, la hija de esa mujer.

¿Y su casa, la casa que Xavier había comprado para ella? Aunque la dejase vivir allí, no podría quedarse cuando se hubiera casado. Especialmente porque desde su ventana se veía la casa de Xavier. Tendría que ver a su mujer yendo y viniendo...

¿Qué iba a hacer?

Lidiar con el día a día, sencillamente.

Pero el fallo del preservativo no podía haber ocurrido en peor momento. Estaba a punto de hacer realidad su sueño de llegar a lo más alto como entrenadora del circuito europeo. Sus caballos estaban muy bien considerados y cada temporada tenía más clientes. Era la persona a la que acudir cuando un *jockey* se lesionaba y necesitaba un reemplazo temporal.

Tomarse unos meses libres por un embarazo significaría perder clientes, puestos en el *ranking* y dinero de los caballos que entrenaba...

¿Y entonces qué?

Terminar con el embarazo sería lo más sencillo, tuvo que reconocer, con el corazón encogido. ¿Pero podría hacerlo?

En cuanto a Xavier, hasta que decidiera qué iba a hacer, no pensaba arriesgarse a que descubriera su condición. Tenía que alejarse de él ¿pero dónde podía ir? ¿Dónde podía esconderse?

Tenía que encontrar un sitio para sus caballos y para aquellos otros a los que entrenaba. Porque terminase aquello como terminase, ella era una profesional y quería tener un trabajo al que volver cuando... cuando ocurriera lo que tuviese que ocurrir.

Megan sacó el móvil del bolsillo, decidida a solucionar los asuntos diarios antes de concentrarse en la multitud de cambios que la esperaban.

Había una llamada perdida de Hannah y no era ninguna sorpresa. Su prima siempre sabía de alguna forma cuándo tenía un problema y la apoyaría tomase la decisión que tomase.

Sí, era hora de ir a Carolina del Norte, decidió, el estado del que se había marchado diez años antes, tan lejos de Xavier Alexandre como fuera posible.

<center>∗∗∗</center>

Tres semanas de silencio pesaban mucho. No había sabido nada de Xavier en ese tiempo.

Le avergonzaba admitir que había esperado que la echase de menos, que fuese a buscarla, que le pidiese perdón.

Era duro aceptar que el momento más excitante de su vida, la historia de amor con el hombre al que creía perfecto, había terminado para siempre.

Pero la vida seguía adelante y esa mañana, Hannah, no Xavier, la había acompañado a su cita con el ginecólogo para hacer la primera ecografía; un momento agridulce, lleno de alegría y de pena.

Nunca había planeado tener hijos, pero esos planes habían cambiado cuando recordó el proverbio favorito de la madre de Hannah: «El final de algo es siempre el principio de otra cosa».

Esas palabras no podían ser más oportunas en aquel momento. Su hijo era el principio de una nueva vida y, si no podía tener a Xavier, al menos podría tener una familia propia.

Y gracias al cielo tenía a su prima. Hannah no sólo la había recibido con los brazos abiertos sino que la había ayudado a encontrar jinetes con cierta experiencia para que sus caballos no perdiesen práctica. Y le había hecho un sitio en la granja Sutherland como entrenadora. No era tan satisfactorio o tan emocionante como competir pero, por el momento, pagaba las facturas.

Sólo por la noche, cuando entraba en la casita que Hannah había puesto a su disposición, sentía cierta nostalgia, pero ella y su hijo sobrevivirían sin Xavier Alexandre.

El sonido de unos cascos llamó la atención de Megan hacia su alumna, que estaba galopando por el corral de prácticas.

–¿Sabes por qué has tirado ese último obstáculo, Terri? –le preguntó, acariciando el cuello del animal cuando se acercó a la cerca. La yegua hanoveriana tenía corazón y habilidad. Ésa era la mitad de la batalla. Si su amazona tuviese el mismo talento...

La chica hizo una mueca.

–Me he acercado al obstáculo demasiado aprisa.

–Y eso ha confundido al caballo –asintió Megan–. Debes inclinarte un poco más hacia delante cuando vayas a saltar, pero puedes intentarlo en la próxima clase.

–Muy bien, nos vemos la semana que viene.

Terri se alejó trotando sobre la yegua y Megan suspiró. Tenía que preparar el circuito para los alumnos más avanzados del día siguiente pero no encontraba entusiasmo. Lo haría por la mañana, pensó. Por el momento, lo único que quería era darse un baño caliente.

Echaba de menos montar. Y no poder competir, lanzarse al galope sobre los obstáculos en un concurso, la hacía sentir rara, sin rumbo. Había montado a caballo desde que su padre le compró su primer poni cuando tenía cuatro años. El circuito del Grand Prix había sido su hogar, el único en el que se sentía realmente cómoda y su último lazo con su padre, que había sido un gran jinete. Pero no quería arriesgarse a hacerle daño a su hijo, ni siquiera para dar una corta galopada.

–Éste es tu momento favorito del día. ¿Por qué no estás montando?

Xavier.

Megan se volvió al escuchar esa voz profunda con suave acento francés. Había vuelto. Por fin. Deseaba echarse en sus brazos pero no podía hacerlo hasta que supiera por qué estaba allí.

La brisa movía su pelo oscuro, la camisa blanca y los vaqueros negros le daban aspecto de pirata moderno. Un pirata que le había roto el corazón.

–¿Qué haces aquí?

–He venido para llevarte a casa –respondió él. Su tono autoritario le resultaba tan familiar, tan enternecedor. Le encantaba su seguridad, su confianza. Y ésas eran las palabras que había esperado escuchar, pero…

–¿Has cancelado tu boda?

–No –respondió él.

–¿No vas a hacerlo?

–No puedo.

–Entonces no tenemos nada más que hablar. Sube a tu *jet* y que tengas un buen viaje. Llamaré a alguien para que vaya a sacar mis cosas de la casa.

–Si quieres tus cosas, tendrás que ir tú personalmente a buscarlas.

–No puedo, tengo trabajo aquí.

–Dando clases de equitación, ya lo sé –dijo él, con tono desdeñoso.

–Me gusta dar clases –se defendió Megan.

–No, te gusta competir. Tus cosas te estarán esperando cuando vuelvas, pero no dejaré que nadie más entre en tu casa.

–Tu casa –le recordó ella–. Tu nombre está en la escritura.

–Eso se puede cambiar.

–¿Y qué pasará cuando te cases, Xavier? ¿Crees que a tu mujer le gustará tener a tu amante por vecina? ¿De verdad esperabas que siguiéramos siendo amantes después de casarte?

–Al contrario que mi madre, yo siempre cumplo mi palabra. Puedes quedarte en la casa, Megan. Somos adultos y Cecille no tiene por qué saber nada de nuestro pasado.

–Todo el mundo lo sabe. Hemos sido inseparables durante meses… –ella sacudió la cabeza, incrédula y dolida–. Envíame mis cosas o regálaselas a alguien, me da igual. No voy a ir a buscarlas.

Afortunadamente, se había llevado lo más importante cuando hizo el equipaje a toda prisa para irse de allí antes de que Xavier volviera de la oficina. No le harían falta los vestidos de diseño que él le había comprado porque no pensaba ir a ninguna fiesta. Además, en poco tiempo no le valdrían.

Xavier dio un paso adelante y, aunque ella quiso dar un paso atrás, la cerca se lo impidió.

–¿Cómo puedes olvidar lo que hemos compartido, Megan? –le preguntó, levantando una mano para acariciarle la cara.

–Yo podría preguntarte lo mismo.

–Pero yo no te he dado la espalda.

15

–¿Cómo que no? Estás comprometido con otra mujer y vas a casarte con ella. ¿Eso no es darme la espalda? Tú sabes que yo no me conformo con un segundo puesto, ni en el circuito ni en la vida. Una vez dijiste que mi celo profesional era una de las cosas que más te gustaban de mí.

–Admiro muchas cosas de ti, incluyendo tu ambición y tu independencia. Pero no hay necesidad de enfadarse porque no puedes salirte con la tuya esta vez.

Megan lo miró, atónita.

–¿Crees que no tengo derecho a enfadarme?

–Te he hecho montones de regalos, te he dado una casa. Me he asegurado de que no te faltase nada y seguiré haciéndolo si vuelves a Grasse.

–Nunca me han importado tu dinero, tu finca, tus aviones o tus deportivos y tú lo sabes. No me ofreces lo único que deseo, Xavier: a ti, exclusivamente.

–Me tienes exclusivamente ahora.

–Pero sólo hasta que te cases. Uno de estos días yo querré un marido y una familia… querré alguien con quien hacerme mayor, un amigo y un amante. Tú quieres eso mismo con otra persona, pues haznos un favor a los dos y márchate.

Se dio la vuelta para ir a su casa, pero no tuvo que escuchar las pisadas de Xavier sobre la gravilla del camino para saber que la había seguido. Su cuerpo lo sintió y, aunque deseaba volver a mirarlo, se negó a sí misma ese placer y ese dolor.

–Megan…

–No tengo nada más que decirte. Adiós.

–Si vamos a repetir conversaciones pasadas, imagino que recordarás que la determinación es una de las cosas que tú decías admirar de mí. No esperes que me rinda tan fácilmente, Megan. Yo lucho por lo que deseo y te deseo a ti.

—Lo nuestro ya es pasado —dijo ella.

Debería haberle hecho caso al instinto y negarse a montar sus caballos cuando se lo pidió. Pero no lo había hecho. Se había dejado llevar por un hombre que compraba manzanas para sus caballos en lugar de regalos para ella y con el que había firmado un contrato como entrenadora...

Tenía que librarse de él, ¿pero cómo?

—Deja de seguirme. No me gusta jugar al gato y al ratón y no pienso ser un entretenimiento hasta que te cases. Busca otra amante, Xavier. Yo pienso hacerlo.

Una mentira, pero él no tenía por qué saberlo.

De inmediato, vio un brillo de celos en sus ojos verdes pero sólo tuvo un momento para disfrutar de esa pequeña victoria antes de que la tomase por la cintura para buscar sus labios.

La sorpresa hizo que se le detuviera el corazón durante una décima de segundo, antes de que la pasión lo lanzase al galope.

Los labios de Xavier aplastaron los suyos con la pericia que había roto su resistencia desde la primera vez, rozando con su lengua la comisura de sus labios, tentándola, buscando una respuesta que Megan no quería darle.

Sí, lo deseaba y la disgustaba que pudiera ser tan fácilmente manipulada, pero ni siquiera ese disgusto era capaz de matar su deseo.

17

Un último beso y luego se despediría para siempre.

Xavier la rodeó con los brazos, aplastándola contra su torso, haciéndola sentir calor por primera vez desde que se marchó de Francia. Estar con él era tan maravilloso como siempre… y decirle adiós no debería ser tan horrible.

El deseo se apoderó de ella, llenándola de un ansia que sólo Xavier podía satisfacer, recordándole cuántas semanas habían pasado desde la última vez que estuvieron juntos.

—Eres deliciosa —murmuró, acariciando su trasero con una mano—. Como el mejor vino, como la más deliciosa *crème brûlée*. Te he echado de menos en mi cama y en mis brazos, *mon amante*. Vuelve conmigo a casa, Megan.

Tal vez si le recordaba lo felices que eran juntos, Xavier reconsideraría su desastrosa decisión de casarse con Cecille, pensó ella.

Era un riesgo, pero la pasión era el arma más poderosa que poseía y si lograba hacer que cambiase de opinión tendría todo lo que había querido: un hogar, un hombre que la amase y una familia.

Y su casita en la granja Sutherland estaba a unos metros de allí.

Megan tomó su mano.

—Ven tú a casa conmigo —le dijo, tirando de él hacia el camino.

Una vocecita le decía que aquello era un error, pero no hizo caso.

Si quería recuperar a Xavier, tendría que luchar con todas sus armas.

Capítulo Dos

El interior de la sencilla casita de piedra confirmó su convicción de que Megan lo había dejado para demostrar algo. Por agradable que fuera su alojamiento temporal, no se había molestado en hacerlo suyo como había hecho con la casa en la que vivían.

Si quisiera quedarse en Estados Unidos para siempre habría puesto su sello allí, su personalidad. Pero lo único que había de Megan en aquel sitio estaba en su dormitorio: su perfume. La habitación olía a ella, a la loción de rosas que Megan, o él, extendía sobre su piel cada noche.

Xavier miró la cama de madera de cerezo y la decoración tradicional del dormitorio. Un ventilador colgaba de una de las vigas vistas...

No había ningún detalle femenino, ni siquiera las cortinas de tul que tanto le gustaban. Para todo el mundo, Megan era una mujer fuerte con cabeza para los negocios y una envidiable ética profesional pero él sabía que había otra faceta de ella, una más voluptuosa...

Megan se detuvo al lado de la cama e inclinó a un lado la cabeza para mirarlo, sus ojos azules cargados de deseo, sus pupilas dilatadas revelando el deseo de ser acariciada, un deseo que Xavier compartía.

Habían sido tres largas y frustrantes semanas esperando que se le pasara el enfado. Le dolía que hubiera desperdiciado el poco tiempo que les quedaba para estar juntos. Ahora que había recuperado el sentido común podían dedicarse al placer, pero la haría pagar por hacer que fuese a buscarla.

Ella alargó una mano para desabrochar su camisa, soltando los botones con manos temblorosas, y el deseo lo invadió, haciendo que le costase respirar.

Megan abrió la camisa y Xavier sintió el aire fresco en el torso un segundo antes de que fuera reemplazado por el calor de sus manos. El deseo de tirarla sobre el edredón y saciarse de ella lo abrumaba, pero dejaría que ella marcase el ritmo. Por el momento. Más tarde, cuando la tuviera jadeando de deseo, él llevaría las riendas.

El deseo lo hacía temblar. Sólo Megan ejercía ese efecto en él. No podía renunciar a ella; aún no.

Afortunadamente había olvidado sus celos y, aunque no sabía qué la había hecho cambiar de opinión, daba igual. Él había ganado, como siempre.

Notó el roce de sus dedos en el elástico del pantalón y cuando bajó la cremallera su erección se volvió casi dolorosa. Cuando lo acarició por encima de los calzoncillos de seda, Xavier movió las caderas hacia delante casi sin darse cuenta, apretando los dientes para contener un gemido.

A punto de explotar, la tomó por la cintura para buscar su boca. Sabía divinamente, como el champán o su vino favorito, el Moscato D'Asti. Sus labios eran suaves, su lengua húmeda y hambrienta. El pulso de Xavier latía con tal fuerza que casi lo ahogaba.

Merde. No podía esperar más. A toda prisa, le quitó la camiseta para revelar un sujetador blanco de algodón...

Sorprendido, pasó un dedo por una de las copas.

—¿Qué es esto?

—Un sujetador deportivo.

No le gustaba. Él prefería el encaje, que transparentaba sus pezones. Inclinándose, pasó la lengua por un pecho y luego por el otro mientras ella enredaba los dedos en su pelo.

Se colocó entre sus piernas para acariciar los marcados pezones por encima de la tela...

—Te he echado de menos —murmuró Megan.

—Y yo a ti —Xavier desabrochó la prenda y la dejó caer al suelo, besando los pechos que ahora parecían más grandes.

Debía estar en el ciclo, pensó mientras usaba una mano para desabrochar la cremallera de sus vaqueros y enredar los dedos en los rizos oscuros. Cuando encontró lo que buscaba, Megan estaba lista para él, moviendo las caderas contra su mano, animándolo.

Su entrepierna palpitaba, exigiendo atención. El deseo de estar dentro de ella para encontrar la liberación que le había negado durante esas semanas era tan fuerte que apenas podía contenerse. Pero él no hacía las cosas de ese modo.

De modo que respiró profundamente mientras deslizaba un dedo, usando su lubricante femenino para excitarla mientras rozaba un pezón con los dientes.

Quería excitarla pero, al mismo tiempo, quería hacerla esperar hasta que estuviese loca de deseo.

Apartó el embozo de la cama y la tumbó sobre el colchón antes de quitarse las botas y el resto de la ropa, deteniéndose un segundo para dejar sobre la mesilla los preservativos que llevaba en el bolsillo.

Megan tenía un cuerpo atlético de músculos largos suavizados por sus atributos femeninos...

—Eres preciosa.

—Tú me haces sentir preciosa. Ven aquí —Megan lo invitó a reunirse con ella en la cama.

Intentando dominarse, Xavier se sentó sobre el colchón y capturó uno de sus pies con la mano para besar sus dedos, su empeine, el roce de su barba haciéndola temblar.

Xavier escondió una sonrisa mientras seguía besándola, deslizando los labios por sus pantorrillas, abriendo sus piernas a medida que iba subiendo.

Megan se agarró a las sábanas, su respiración agitada mientras mordisqueaba el interior de sus muslos. Cuando rozó la entrepierna con la lengua, ella levantó las caderas, suplicándole en silencio que le diera placer...

Al demonio, pensó. Llevaba semanas soñando con aquello y no iba a negárselo por más tiempo. Sujetando sus nalgas, rozó el capullo escondido con la lengua, lentamente al principio y luego más rápido, suspirando ante su delicioso sabor.

—Oh, Xavier... me gusta tanto.

Él la acarició como sabía que le gustaba y esperó hasta que estuvo al borde del abismo antes de levantar la cabeza para besar el interior de sus muslos. Pero Megan lanzó un gemido de protesta.

–¿Tienes prisa, *chérie*?

–Sí, sí, ha pasado tanto tiempo. Yo no… desde que me fui… por favor.

Que no hubiera tenido un orgasmo desde que dejó su cama lo complació tremendamente.

–¿Por favor qué? –Xavier lamió el capullo una, dos veces, oyéndola gemir de placer.

Megan tomó la almohada y lo golpeó con ella en la cabeza. Que fuese juguetona entre las sábanas era otra razón por la que no renunciaría a ella… de momento.

–Te necesito, ahora –le rogó.

Le gustaba oírla suplicar en la cama, lo excitaba.

–¿Qué necesitas… esto? –susurró, deslizando un dedo en su interior.

–Sí, sí…

–¿Y esto? –Xavier se inclinó para buscar sus labios, sin dejar de acariciarla con el dedo.

–Sí –musitó ella, a punto del orgasmo… que llegó unos segundos después.

En cuanto los espasmos terminaron, Xavier buscó un preservativo y se colocó sobre ella.

–Mírame mientras te hago mía.

–Te quiero dentro de mí, Xavier. Date prisa.

Apretando los dientes para dominarse, se enterró en ella, apartándose y entrando de nuevo una y otra vez, marcando un ritmo lento al principio para prolongar el éxtasis.

Pero Megan, que tenía otras ideas, lo agarró por los hombros, arqueándose hacia él para meter la lengua en su oreja con envites que copiaban los suyos.

El deseo era como un incendio y Xavier lo contrarrestó concentrándose en atormentarla, pero la presión que sentía en las entrañas le decía que no podría seguir controlándose mucho más tiempo.

–Córrete para mí –le ordenó, su voz casi un rugido mientras empujaba las caderas hacia ese punto que la haría caer al vacío.

Casi inmediatamente notó que clavaba los dedos en su espalda y la primera contracción del clímax lo golpeó como un cóctel Molotov, ola tras ola de placer reverberando en su interior como un maremoto.

Sin fuerza en los brazos, sin aire en los pulmones, intentó apoyarse sobre los codos hasta que pudo tumbarse de lado. El ventilador del techo movía el aire, enfriando su sudorosa piel.

No, no renunciaría a Megan hasta que tuviera que casarse.

Ella tomó su mano para ponerla sobre su estómago y abrió la boca como para decir algo. Pero no dijo nada.

Y Xavier lo entendía porque su clímax había sido tan increíble como, aparentemente, el de ella.

–Vuelve a casa conmigo, Megan.

–Volveré en cuanto hayas roto tu compromiso.

–Te he dicho que no puedo hacerlo.

Megan apartó su mano y saltó de la cama, mirándolo con expresión dolida.

–Nunca será así con ella.

–Lo sé, *mon amante*.

Megan se mordió los labios pero no lloró. No, su Megan era demasiado orgullosa como para llorar, otra cualidad que admiraba en ella. No usaba las lágrimas como otras mujeres para conseguir lo que quería.

—¿De verdad crees que puedes olvidarte de esto? ¿Que los sentimientos desaparecerán sólo porque tú quieres?

Xavier dejó escapar un suspiro de frustración. Aparentemente, no había hecho los progresos que él creía.

—Te aseguro que no será tan fácil pero debe ser así.

Megan se dio la vuelta y salió de la habitación. Cuando volvió, llevaba puesta una bata de satén y el fuego que había en sus ojos tenía poco que ver con la pasión que acababan de compartir.

—Ahí es donde te equivocas —le espetó—. No tiene por qué ser así. Yo quiero algo más que una aventura temporal, Xavier. Merezco algo más. Y si eso es todo lo que tienes que ofrecerme, no te necesito en mi vida.

Otra pataleta. Qué extraño en ella, pensó. ¿Por qué actuaba de esa forma?

—Como tú misma has dicho, nunca encontrarás una pasión como la nuestra.

Megan cruzó los brazos sobre el pecho.

—Eso ya lo veremos.

Después de decir eso entró en el baño y cerró la puerta, el golpe hizo eco por todo la casa.

Xavier oyó el grifo de la ducha y murmuró una maldición. Le estaba pidiendo lo imposible. Él no podía romper su compromiso con Cecille Debussey. Aunque el patrimonio de su familia no estuviera en juego, no los avergonzaría como hizo su padre cuando se olvidó del deber en nombre del amor. Su matrimonio fracasó y eso le había costado todo a la familia Alexandre.

No tenía intención de repetir los errores de su padre, de modo que, sencillamente, encontraría la manera de convencer a Megan para que pasara los siguientes once meses en su cama.

Y no pensaba dejar que buscase otro amante. Le pertenecía a él hasta que llegase el momento de decirse adiós.

—No deberías levantar peso, Megan —Hannah apoyó la mano en la cerca, su anillo de compromiso se reflejaba a la luz del sol.

—Estoy teniendo cuidado. Y ya oíste lo que dijo el ginecólogo, que debo seguir haciendo lo mismo de siempre, salvo montar a caballo. Tim me ayudará en cuanto haya terminado de cepillar a Midnight.

—¿Tim?

—Paga por sus clases ayudándome a montar los obstáculos tres veces por semana y ejercitando a los caballos.

Hannah se quitó el polvo de las manos.

—Me alegro de que hayas llegado a un acuerdo con él, aunque podrías darle clases sólo a clientes de pago. ¿No había predicho yo que tendrías una lista interminable de clientes?

—Sí, es verdad —asintió Megan—. Y gracias por dejarme la casa.

—Por favor... estoy encantada de tenerte aquí. ¿Qué tal con Tim?

–Bien. Tiene mucho talento. Me recuerda a mí misma cuando empecé y no me gustaría que perdiera la oportunidad de competir porque haya perdido su trabajo.

–Tenemos un nuevo vecino, por cierto –dijo Hannah entonces.

–¿Ah sí? ¿Quién es?

–Ni idea. Wyatt me ha dicho que llamó a su oficina para preguntar si conocía alguna granja de caballos por la zona –el rostro de su prima se iluminó al mencionar a su prometido, y lo mencionaba a menudo–. Wyatt le habló de la finca que hay al final de la carretera... seguramente no sabes que el señor Haithcock murió hace dos años. Sus herederos no se ponen de acuerdo sobre qué hacer con la finca, así que la han puesto en alquiler.

–Pasé por allí la semana pasada, cuando iba al pueblo. No tenía buena pinta, está abandonada –dijo Megan, un poco aprensiva. Pero Xavier no habría...

–El señor Haithcock estaba muy enfermo y no podía cuidar de ella. Las cercas están tiradas, la pintura del establo pelada, los pastos cubiertos de malas hierbas y el camino de entrada tan lleno de ramas que parece un circuito de obstáculos –siguió Hannah–. Había pensado enviar a alguien a limpiarlo para evitar que aparezcan roedores pero ya no tendré que hacerlo.

Definitivamente, no era un sitio para Xavier, pensó Megan.

–¿Cuándo ha ocurrido todo eso?

—El sobrino de Haithcock llamó anoche para decir que había alquilado la granja y he visto un tráiler de caballos esta mañana. De primera clase, además, un tráiler fabuloso.

Megan empezó a asustarse de verdad.

«No, por favor, que sea una coincidencia».

—¿Estás bien? —le preguntó su prima—. Pareces a punto de desmayarte.

Megan se apartó el pelo de la cara con manos temblorosas. No podía ser Xavier. Esa granja era demasiado rústica para su gusto y el establo no era lo bastante grande ni lujoso.

—Es que había pensado por un momento que el inquilino podría ser Xavier, pero estoy segura de que ha vuelto a Francia. Después de todo, no voy a darle lo que quiere y él tiene que organizar una boda y llevar un negocio.

—Qué rabia que yo no estuviera cuando pasó por aquí. Me habría gustado decirle lo imbécil que es.

A Megan no le sorprendió que Hannah se mostrase tan protectora. Su prima y ella eran como hermanas desde que fue a vivir a la granja Sutherland tras la muerte de sus padres. Y de no haber sido por su mala relación con el padre de Hannah, Luthor, nunca se habría marchado de allí.

Ahora que Luthor vivía retirado en la ciudad, la granja ya no era un campo de batalla, pero no quería molestar cuando su prima y su futuro marido formasen una familia.

—No tienes idea de lo cerca que estuve de contarle a Xavier lo del niño. Durante unos segundos después de hacer el amor, todo me parecía tan perfecto… me sentía tan cerca de él. Pensé que había decidido dejar a su prometida y estuve a punto de decírselo, pero no encontraba las palabras.

—Y yo me alegro de que no lo hicieras.

—Sí, es verdad. Habría sido un desastre.

Hannah sacó el móvil del bolsillo.

—Voy a llamar a Wyatt para ver si el heredero del señor Haithcock mencionó el nombre del nuevo inquilino.

—No hace falta, de verdad. Seguro que estoy siendo paranoica —protestó Megan—. A pesar del matrimonio concertado de Xavier, esto no es una guerra. Y para mover caballos desde el otro lado del mundo en unos días habría que pedirle ayuda al Congreso.

—Las dos nos sentiremos mejor cuando estemos seguras —Hannah sonrió mientras marcaba el número de su prometido—. Ah, ha saltado el buzón de voz… se me había olvidado que tenía una reunión. Pero se lo preguntaré por la noche, no te preocupes.

—No pasa nada, en serio —insistió Megan.

Pero no pegaría ojo hasta que supiera con seguridad que Xavier no había alquilado la granja Haithcock.

En cuanto entró por el camino de la granja Haithcock en la furgoneta que le había prestado su prima y vio las cercas reparadas y pintadas y una nueva capa de gravilla cubriendo el suelo Megan tuvo una premonición.

Y al ver el flamante tráiler para caballos, de los que valían millones, se le encogió el estómago.

Suspirando, aparcó al lado del lujoso tráiler y bajó de la furgoneta. El aire olía a pintura y a hierba recién cortada…

Pero cuando vio un semental castaño que un mozo estaba bajando del tráiler, empezó a sudar.

Conocía a ese caballo como a los suyos propios; sus debilidades, sus méritos, sus malas costumbres.

Y a su propietario: Xavier.

Megan tuvo que apretar los dientes al sentir una ola de náuseas, pero salir corriendo no serviría de nada. Xavier la había seguido. Aquel semental, su caballo favorito, era la prueba.

¿Se habría molestado tanto si no sintiera algo por ella?

¿Y si quería que retomasen la relación? Tal vez se había dado cuenta de lo estúpido y anacrónico que era un matrimonio concertado.

El semental captó su olor y cuando movió las orejas en su dirección Megan se acercó para acariciarle el brillante cuello.

—¿Dónde está el señor Alexandre? —le preguntó al mozo.

El chico señaló el establo.

—Ahí dentro.

—Gracias.

Su corazón latía desbocado mientras se acercaba al edificio. Y más al ver un Maserati negro idéntico al que Xavier conducía en Francia frente a la entrada…

Cuando lo vio salir del establo con el móvil pegado a la oreja tuvo que detenerse, llevándose una mano al estómago.

Los ojos de color jade se clavaron en ella, haciendo que se le pusiera la piel de gallina.

—Buenas tardes, Megan.

—¿Por qué haces esto, Xavier?

Él se encogió de hombros.

—Si el jinete no va al caballo, el caballo debe ir al jinete.

—¿Qué ha sido del jinete de reemplazo?

—Era inadecuado.

—Dicen que estaba entre los diez primeros.

—Apollo te prefiere a ti.

«Y yo también», hubiera querido que añadiese. Pero no lo hizo.

—Lo has traído en un vuelo transatlántico para nada. No voy a montarlo.

—Él y los demás caballos se quedarán aquí hasta que recuperes el sentido común.

—¿Los has traído a todos? —exclamó Megan.

Xavier asintió con la cabeza.

—¿Por qué? Estás devaluando el valor de los animales sacándolos del circuito europeo.

—No, eso lo hiciste tú al abandonarlos por un jinete inferior. No pueden saltar tan bien si no los montas tú.

—No les has dado oportunidad de acostumbrarse a un nuevo jinete —replicó Megan. Aunque en el fondo se alegraba de que los caballos no hubieran funcionado bien sin ella.

«Eso es muy mezquino, Megan».

—Ya está hecho –dijo Xavier.

Y una vez que tomaba una decisión no daba marcha atrás, ella lo sabía bien.

—¿Cuánto tiempo vas a jugar a este juego?

—He firmado un contrato de un año con los propietarios de la granja Sutherland.

—¿Y Perfumes Alexandre… y tu boda?

—Cecille puede organizarlo todo sin mí y yo puedo trabajar por conferencia y a través de Internet. Además, tengo un *jet* esperando en el aeropuerto.

Para él, viajar en *jet* de un país a otro era como para el resto de la gente viajar en metro.

—La granja Haithcock no es precisamente a lo que tú estás acostumbrado.

Xavier volvió a encogerse de hombros.

—Es una casita encantadora y los muebles son adecuados.

—Estás perdiendo el tiempo –le advirtió Megan.

—Tú quieres competir en el circuito estadounidense, yo aportaré los medios necesarios para que lo hagas. Entiendo que necesitas demostrar lo que vales, aunque me han dicho que tu tío se ha retirado del circuito y ya no acude a las competiciones.

No debería sorprenderla que hubiera sacado esa conclusión.

—No estoy aquí para demostrar que soy la mejor amazona.

—¿Entonces por qué? ¿Qué te retiene aquí?

¿No había escuchado una sola palabra?

—Ella.

—Como te he dicho antes, Cecille no es un problema. O no debería serlo. Y no me iré hasta que vuelvas conmigo.

—Sólo una cosa me haría volver contigo —dijo Megan.

Xavier levantó una ceja.

—¿Qué?

—Que rompas tu compromiso.

—Me pides lo único que no puedo darte.

Y sus palabras rompieron la diminuta burbuja de esperanza que albergaba en el corazón. No, nunca habían hablado de matrimonio pero su relación, el tiempo que habían pasado juntos y todo lo que compartían la había hecho creer que a Xavier le importaba de verdad.

—¿Y qué piensa tu prometida de estas vacaciones?

—No le he pedido opinión.

Megan sacudió la cabeza.

—Sé que tú no has tenido un buen ejemplo pero permíteme recordarte que un matrimonio es una sociedad y eso significa tener en consideración los sentimientos del otro antes de tomar decisiones que puedan afectarle. Engañar a tu futura esposa con otra mujer, aunque esa mujer esté al otro lado del mundo, no es la mejor forma de ganarte su confianza y hacer que la relación dure.

—¿Y tú eres una experta en relaciones duraderas? La única relación duradera que has tenido en tu vida es con tu prima y con tus caballos —replicó él—. Te gusta la competición, Megan. ¿Por qué no estás compitiendo?

Megan buscó una respuesta que él pudiera creer,

una que lo convenciera de que no podía hacerla cambiar de opinión.

—He querido ser la número uno durante diez años, estoy agotada y necesito un descanso. Además, echaba de menos a Hannah. Quiero ayudarla a organizar su boda y ahora que mi tío se ha ido de la granja, no hay ninguna razón para que yo no esté aquí. He dejado el circuito europeo para siempre, Xavier, no pienso volver. Ni por ti ni por tus caballos si te casas con ella.

En cuanto dijo esas palabras supo que era verdad. No volvería si Xavier se casaba. No podría soportar verlo con otra mujer en las gradas durante los campeonatos o en las fiestas posteriores.

La vida que había tenido en Europa, y los amigos que había hecho allí, se habían convertido en el pasado y pensar eso la entristeció. Sus emociones, que últimamente estaban alteradas debido a la carga hormonal del embarazo, amenazaron con amotinarse y sintió que sus ojos se llenaban de lágrimas.

Pero no lloraría, especialmente delante de Xavier. Apretando los dientes y haciendo un esfuerzo para mantener la compostura, Megan se dio la vuelta.

—¿Por qué intentas cambiar las reglas de nuestra relación? —le gritó Xavier.

Asombrada de que un hombre tan inteligente pudiera ser tan obtuso, Megan se volvió para mirarlo.

—Durante los últimos seis meses hemos pasado todos los días juntos. Pensé que las reglas ya habían cambiado.

—No es así.

—¿No me quieres, Xavier?

Él hizo una mueca.

—El amor nunca fue parte del trato.

—¿Qué trato? Hablas de nuestra relación como si fuera un negocio. Nosotros no hicimos ningún trato, Xavier.

—¿Estás diciendo que me quieres, que estás enamorada de mí? —le preguntó él. No parecía gustarle la idea y que no hubiera respondido a su pregunta era respuesta suficiente.

—Creía que sí —le confesó Megan entonces—. Pero estaba equivocada. Tú no eres el hombre que yo creía que eras porque ese hombre nunca humillaría a su mujer, sus hijos o su amante.

—Yo no te he humillado...

—Pero me someterías a la humillación de los cotilleos que tú y yo sabemos corren como la pólvora en el circuito ecuestre. Puede que a ti no te importen, pero a mí sí y no tengo la menor intención de pasar por eso. Voy a decírtelo por última vez: vuelve a casa, Xavier. Mientras sigas teniendo la intención de casarte con Cecille, aquí no hay nada para ti.

Capítulo Tres

Megan miraba la imagen borrosa de la pantalla, demasiado emocionada como para decir nada. Ese corazoncito que latía, esas manitas, esos pies diminutos pertenecían a su hijo. Su hijo y el de Xavier.

Como si intuyera su emoción, Hannah le apretó la mano.

El ginecólogo pulsó un botón de la máquina de ultrasonidos y un papel salió de la impresora mientras limpiaba el gel de su abdomen y la ayudaba a sentarse en la camilla.

—Todo está donde debe estar para un feto de doce semanas. Creo que nacerá durante la primera semana de enero... sí, deberías tener a tu hijo a principios de año.

Un nuevo año y un hijo. Estaría sola con su hijo. Debía acostumbrarse, pensó.

—¿Podemos saber si es niño o niña? —le preguntó Hannah. Y Megan se alegró de haber llevado a su prima para que le diese apoyo porque ella parecía incapaz de hacer las preguntas necesarias.

—No, aún no. Pero como no tenemos clara la fecha del último período, repetiremos el ultrasonido en ocho semanas. Entonces lo veremos con más claridad. ¿Alguna pregunta más?

Cuando ella negó con la cabeza, el ginecólogo le dio la copia de la ecografía y salió de la consulta.

Megan miró la imagen con una mezcla de emociones: emoción, alegría, tristeza, miedo. Sería responsable de aquella persona diminuta, de su salud, su felicidad y su bienestar. Ella sola. ¿Y si no sabía hacerlo?

—¿Estás bien? —le preguntó Hannah.

Megan bajó de la camilla y empezó a ponerse la ropa.

—Xavier debería haber estado aquí.

—Él se lo pierde, cariño.

¿Sería suficiente una madre?, se preguntó. ¿Y si le ocurría algo a ella? ¿Quién cuidaría de su hijo entonces?

—Tal vez debería decírselo.

—¿Crees que contárselo haría que dejase a su prometida y se casara contigo?

—Ésa es la pregunta del millón, una que me he hecho a mí misma miles de veces. No lo sé, Hannah. Por un lado, cuando Xavier pone un rumbo nunca se desvía. Por el otro, lo que es suyo es suyo. No se rinde fácilmente.

—Si se lo contaras y él dejase a esa mujer para casarse contigo te preguntarías toda tu vida si lo había hecho por el niño.

Hannah siempre iba directa al grano.

—Sí, es cierto —admitió Megan—. Quiero que Xavier despierte, que se dé cuenta de que lo que hay entre nosotros es demasiado especial como para perderlo.

–Entonces no se lo cuentes, espera un poco. Si se queda por aquí no tendrás más remedio que contárselo pero, por ahora, puedes esperar a ver si recupera el sentido común.

Megan asintió con la cabeza.

–Sí, por el momento no le diré nada.

Seguiría adelante sola, como había hecho desde la muerte de sus padres y su hermano.

Después de la confrontación con Megan tres días antes, Xavier había estado a punto de mandarlo todo al infierno, volver a Francia con sus caballos y dejarla sola. Reemplazarla sería fácil.

Pero él no deseaba a otra mujer. Deseaba a Megan, la llevaba en su sangre como un narcótico. Tenía que hacerla entender que lo que había entre ellos, sexo, respeto mutuo e intereses similares, no tenía nada que ver con el matrimonio.

Su alianza con Cecille era una cuestión de negocios, mientras que ellos compartían placer. Y él quería beber de ese placer todo lo posible porque después de su matrimonio con Cecille tendría que conformarse con los deberes y las obligaciones.

Y si no podía conseguir de Megan lo que quería directamente, usaría métodos alternativos, por ejemplo Wyatt Jacobs. El director y propietario de la destilería Triple Crown y copropietario de la granja Sutherland en la que residía Megan era la única estrategia que se le ocurría para acercarse a ella.

Tenía que saber si su abrupta partida era simplemente por una cuestión de celos o había algo más. Y estaba empezando a sospechar lo último.

Megan siempre había sido una mujer fuerte, decidida, lógica e independiente. Su decisión de abandonar la carrera que tanto amaba era absolutamente ilógica y, por lo tanto, muy sospechosa.

Xavier estrechó la mano de Wyatt Jacobs.

—Gracias por ayudarme a encontrar la granja.

—De nada —dijo él—. La información sobre patrocinios que me enviaste me ha venido muy bien. Es algo que llevaba considerando mucho tiempo pero tenía otras prioridades y no había podido hacer el necesario estudio de mercado —Jacobs llevó a Xavier a su despacho y le hizo un gesto para que se sentara frente al escritorio—. Ahora que he empezado a ver el Grand Prix en televisión con mi prometida, he descubierto que Perfumes Alexandre tiene mucha presencia en todos los eventos.

—Y, como puedes ver por los números, los beneficios de una campaña publicitaria serían muy interesantes para ti.

—Desde luego. Además, quiero darle una sorpresa a Hannah ayudándola con su organización de rescate de caballos. No le diré nada hasta que haya firmado el contrato así que, por favor, te ruego que seas discreto.

—Desde luego —Xavier se alegraba de haberse informado sobre la organización y el programa terapéutico de equitación—. Es una causa noble y el público que acude a eventos ecuestres será muy generoso, estoy seguro.

Wyatt se echó hacia atrás en el sillón.

–¿Qué quieres a cambio de compartir esa información conmigo?

Xavier agradecía que fuera directo al grano.

–He traído tres de mis mejores caballos a la granja Haithcock. Necesito jinetes expertos para ejercitarlos pero tengo pocos contactos en Estados Unidos.

–Hannah es la experta, pero como dudo que vaya a darte esa información, te presentaré al jefe de cuadras.

–Yo preferiría a Megan.

–Ah, ésa es la auténtica razón de tu visita –Wyatt sonrió–. Megan no trabaja para mí, así que no puedo pedirle que ejercite a tus caballos. Tendrás que convencerla tú mismo.

Xavier suspiró, frustrado.

–No va a ser fácil.

–Y seguramente Hannah me echará la bronca por ayudarte, pero vuestros sentimientos son algo personal y esta charla es una cuestión de negocios.

La opresión que Xavier sentía en el pecho no era decepción. No estaba soñando con Megan como si fuera un crío.

–Estoy de acuerdo. Megan y yo…

Wyatt levantó una mano.

–Lo que haya entre Megan y tú no es asunto mío, pero debo advertirte algo: si le haces daño a ella le harás daño a Hannah y yo no voy a permitir que nadie le haga daño a mi prometida.

Xavier aceptó la advertencia con un asentimiento de cabeza.

—Lo entiendo.

Tenía un aliado, aunque uno cauteloso.

El corazón de Megan se detuvo al ver la alta silueta apoyada en la cerca blanca. Habría reconocido esos anchos hombros en cualquier parte.

—Para el coche.

Hannah pisó el freno, sorprendida.

—¿Por qué? ¿Qué pasa?

—Xavier esta aquí —respondió Megan, señalándolo con la mano.

—Llamaré a seguridad y haré que lo echen de aquí.

Un jinete entró entonces en el corral de entrenamiento.

—Mira, Tim está montando a Apollo.

—¿El semental que solías montar para Xavier?

—El mismo —respondió ella—. ¿Qué estará tramando?

—Yo creo que está intentando llamar tu atención.

—Pues no va a conseguirlo porque no me apetece otra discusión. ¿Te importa dejarme en casa?

—No, claro que no —respondió Hannah—. Pero después de descubrir quién le ha dado permiso a ese idiota para entrar en la granja. Seguro que ha sido Wyatt. Ya sabía yo que no contarle lo de tu embarazo era un error.

—Cuanta menos gente lo sepa, menos posibilidades de que Xavier se entere.

—Pero si se queda, se enterará de todas formas.

–Estoy segura de que se irá en cuanto se convenza de que no voy a seguirlo como si fuera un cachorrito obediente.

Cuando llegaron a la casa principal, Megan bajó del coche y siguió a Hannah hasta el despacho.

–¿Tú sabías que Xavier Alexandre estaba aquí, Wyatt? –le espetó a su prometido.

–Sí, claro. Le he dado permiso para que entrevistase a los jinetes.

–¿Por qué? –exclamó Hannah

–Me ha dado información interna sobre la publicidad en el Grand Prix para una marca de whisky que quiero lanzar. Y, a cambio, yo le he permitido que hable con nuestros jinetes. Me ha dicho que Megan se niega a montar sus caballos...

–Pues claro que me niego –lo interrumpió ella.

–Pero esto es un negocio. Vuestra pelea es personal.

–¿Cómo puedes dejar que entre aquí después de como ha tratado a Megan? –le recriminó.

–Las relaciones terminan –dijo Wyatt–. ¿No podemos lidiar con esto como adultos?

Megan sacudió la cabeza.

–Es un poco más complicado que eso.

–Megan está embarazada y no quiere que Xavier lo sepa –dijo Hannah entonces.

–¡Hannah!

Su prima hizo una mueca.

–Lo siento, cariño, pero Wyatt tiene que entender por qué te niegas a montar los caballos de Xavier y por qué no debe entrar en esta propiedad.

—¿El hijo es suyo? —le preguntó Wyatt.

—Sí, claro.

—¿Y no se lo has dicho?

Está comprometido con otra mujer y no quería tener entre manos una batalla por la custodia del bebé; una batalla que yo podría perder.

Él asintió con la cabeza.

—Pero Xavier tiene derecho a saber que va a ser padre. Yo querría saberlo.

Hannah lanzó un bufido.

—Tú no puedes saber nada sobre la relación de Megan y Xavier, así que no te pongas de su lado.

—No estoy condonando sus actos, al contrario. Pero tiene obligaciones económicas hacia Megan y su hijo.

—No —dijo ella—. Sé que lo dices con buena intención pero tú no sabes lo que es que alguien te críe porque no tiene más remedio, como una obligación. Yo no quiero que mi hijo se sienta como una carga y Xavier ha dejado bien claro que no quiere formar una familia conmigo. Así que me las arreglaré sin su ayuda, no te preocupes.

—Yo creo que deberías decírselo —insistió Wyatt.

—Lo que tú creas es irrelevante —replicó Megan, molesta—. Además, tú no lo entiendes. Xavier siempre se sale con la suya en todo.

—¿Prefieres vivir con el miedo a que él descubra que has tenido un hijo suyo? Siempre estarás mirando por encima del hombro… especialmente si sigues en el negocio de la equitación. No puedes escapar de esto, Megan. Es algo con lo que tendrás que enfrentarte tarde o temprano. Yo te ayudaré a encontrar un buen abogado.

Hannah miró a su prima.

—La verdad es que podría tener razón.

—No es eso lo que decías hace una hora —replicó Megan.

—Hace una hora no lo había visto desde esta perspectiva. Si vuelves al circuito, alguien le contará a Xavier que tienes un hijo y él sumará dos y dos. Y aunque no volvieras al circuito, la granja Sutherland tiene clientes de todo el mundo y para cuando se entere podría estar casado y con hijos de esa mujer. Tal vez sea mejor contarle la verdad ahora y que no tenga que enterarse por otra persona, ¿no crees?

A Megan se le encogió el estómago. Había perdido a sus aliados y, si no tenía cuidado, podría perder también a su hijo.

Xavier llamó a la puerta por segunda vez y miró alrededor cuando Megan no contestó. Sabía que estaba allí. La había visto volver desde el patio de Wyatt Jacobs.

¿Por qué intentaba evitarlo? Megan actuaba de forma extraña desde que supo la noticia de su compromiso pero su actitud demostraba algo: estaba enamorada de él. Y aunque odiaba que, inevitablemente, tuvieran que separarse, ése había sido el plan desde el principio y no había ninguna razón para no disfrutar de esos últimos once meses.

Xavier experimentó una oleada de remordimientos pero se dijo que no tenía por qué. Ése había sido el acuerdo desde el principio.

Cansado de esperar, empujó el picaporte… como esperaba, Megan no se había molestado en echar la llave. Aquella mujer era demasiado confiada.

Entró en la casa aguzando el oído y enseguida descubrió la razón por la que no lo había oído llamar a la puerta: estaba duchándose.

La imaginó entonces, desnuda bajo el agua…

Una pena que su compromiso con Cecille se hubiera acordado años atrás, antes de conocer a Megan. Pero aun así, podría darle el mundo entero, lo que ella quisiera, salvo matrimonio e hijos. O amor.

El amor hacía que un hombre olvidase las cosas realmente importantes, como el honor y las obligaciones.

Aprovecharía su ausencia para preparar la sorpresa, decidió. Dejó la caja de pasteles sobre la mesa de la cocina y luego, sin hacer ruido, buscó en los armarios platos y cubiertos. Que la cafetera no estuviera encendida lo sorprendió porque el café de la mañana era sagrado para Megan.

Pero le gustaría tomar un café con los cruasanes que había hecho que llevaran desde su pastelería favorita en París.

Hasta que aceptase volver a casa con él, le recordaría cada día lo que había dejado atrás; la vida que podía tener si dejaba de ser tan testaruda.

Cuando el plato de cruasanes estuvo preparado, Xavier eligió una silla que le permitía ver el pasillo y la puerta del baño. El deseo de verla, de respirar su aroma, de tenerla entre sus brazos, de unirse a ella en la ducha era casi abrumador.

Tuvo que dejar escapar un suspiro mientras miraba de nuevo el reloj, impaciente. Estaba tardando más de lo normal.

Cuando por fin cerró el grifo contuvo el aliento, tenso de anticipación. La puerta del baño estaba abierta y la vio salir de la ducha. Estaba de espaldas a él pero incluso a distancia podía ver las gotas de agua que se deslizaban por su espina dorsal hasta el trasero, un camino que le gustaría seguir con la lengua.

Su corazón latía como loco cuando levantó las manos para secarse la cara y el pelo con la toalla.

Megan era atlética, como atestiguaban sus firmes músculos, pero también muy femenina. Y cuando se dio la vuelta para mirarse al espejo, ofreciéndole una fabulosa panorámica de sus pechos de perfil, sus nalgas y sus largas piernas, Xavier tuvo que apretar los puños.

De repente, Megan sujetó sus pechos, como pesándolos, y su pulso se aceleró aún más...

Luego bajó las manos, pero en lugar de ponerlas sobre su monte de Venus para darse placer como él esperaba, las dejó sobre su estómago.

El gesto de una madre protegiendo a su hijo.

Xavier sacudió la cabeza. No podía ser. Megan no podía estar embarazada. Sí, había engordado un poco pero ésa era la razón por la que sus pechos parecían más grandes y su estómago ligeramente redondeado.

Sin embargo, no estaba montando a caballo ni tomando café. Y lo había dejado después de decir que algún día querría tener hijos…

Pero no podía ser.

Megan se volvió en ese momento y, al verlo, tomó la toalla para sujetarla frente a ella como un escudo.

—¿Qué haces aquí? No tienes derecho a entrar en mi casa. Márchate ahora mismo.

—Estás embarazada.

Ella palideció.

—Por eso me dejaste, por eso no montas a caballo —Xavier se levantó, sus piernas tan débiles como las de un potrillo recién nacido—. ¿De quién es? No puede ser hijo mío porque siempre hemos usado preservativo. Siempre.

—Tienes razón. Hemos usado preservativo —repitió ella, poniéndose un albornoz a toda prisa.

Xavier no podía creerlo. La furia y el resentimiento quemaban como el ácido en su estómago y su garganta.

—¿De quién es?

—No puedo creer que te atrevas a preguntar eso.

—¿Cuándo has tenido tiempo de encontrarte con ese hombre? Estabas con tus caballos todos los días y conmigo todas las noches.

—¿De verdad te importa?

Megan prefería la honestidad a las evasivas, por difícil que fuera la revelación que tuviese que hacer, y su negativa a darle una respuesta directa decía más que las palabras.

¿A quién estaba protegiendo?

—Me has traicionado —la acusó, furioso.

Ella entró en la cocina, más furiosa aún.

—Eres tú quien me ha traicionado a mí, Xavier. Durante todo el tiempo que hemos estado juntos, tú planeabas casarte con otra mujer y no tuviste la decencia de decírmelo.

Él apartó la mirada. Pero no tenía por qué sentirse avergonzado, se dijo a sí mismo.

—Fui franco sobre mis intenciones desde el principio. Eres tú quien no ha querido respetar el acuerdo: una aventura temporal, exclusiva y sin complicaciones —Xavier señaló su abdomen—. Y ésa es una complicación.

Megan abrió la nevera, pero no sacó nada. Su comportamiento le parecía extraño…

Entonces recordó una imagen en blanco y negro pegada a la puerta que había visto cuando entró en la cocina y, sin decir nada, la apartó a un lado.

—No puedes… —Megan intentó quitarle la fotografía, pero él fue más rápido—. Dame eso.

Xavier había visto ecografías antes, sobre todo de fetos de caballo, pero también de fetos humanos porque algunos amigos le habían mostrado la imagen de su inminente paternidad.

—Es tu hijo.

—Dame esa fotografía —insistió Megan.

Xavier miró la fecha impresa al margen. Se la había hecho aquel mismo día y decía: 12 semanas.

—Estás embarazada de tres meses —murmuró, incrédulo.

–¿Y qué? –replicó ella, cruzándose de brazos.

Pero fue el miedo que vio en sus ojos y no su postura defensiva lo que llamó su atención. Nunca le había dado razón para temerlo y sólo podía haber una para que lo hiciese ahora.

De repente, una extraña calma lo invadió, aclarando sus pensamientos. Si el hijo fuera de otro hombre, Megan no tendría miedo.

–Me quieres –le dijo–. No te has acostado con otro hombre.

Ella suspiró, resignada.

–No, no lo he hecho.

–El hijo es mío.

–Si tú no quieres que lo sea, no.

–¿Qué significa eso?

–Significa que puedes marcharte ahora mismo y no mirar atrás. Olvida esta conversación y sigue adelante con tu vida y con tu matrimonio.

–¿Ha sido a propósito para convencerme de que me casara contigo?

Megan hizo una mueca.

–Si lo hubiera hecho, ¿no crees que te lo habría contado?

–Tal vez pensabas esperar hasta que hubiera nacido el niño para contármelo y el anuncio del compromiso se cargó tus planes.

–¿De verdad crees que te haría eso? ¿Es que no me conoces?

Megan nunca le había mentido, tuvo que reconocer Xavier.

–¿Cómo ha podido ocurrir?

Ella suspiró, apartando el pelo mojado de su cara.

—No lo sé. Imagino que ocurrió en Madrid… ¿recuerdas que nos quedamos sin preservativos?

—Porque tú eras insaciable

Megan se puso colorada.

—Cuando gano me pasa eso y ése fue un gran fin de semana para mí y para mis caballos. Pero fuiste tú quien no pudo esperar a llegar al hotel.

Era cierto y recordar aquella tarde hizo que Xavier se excitara. Apenas había podido contenerse hasta que la llevó a los vestuarios…

Pero todo eso era irrelevante ahora.

—¿Desde cuándo lo sabes?

—Lo descubrí una hora antes de que tú me contaras que estabas comprometido con Cecille.

Eso explicaba la escena y su abrupta partida.

—¿Por qué no me lo contaste entonces?

—Porque dijiste que no querías tener hijos conmigo, que nuestra relación era una simple aventura.

—Ése era nuestro acuerdo.

—También acordamos que cualquiera de los dos podría terminar la relación sin que el otro se enfadara. Bueno, pues yo he roto nuestra relación —afirmó Megan—. Eres tú quien lo ha estropeado todo siguiéndome. Pero puedes irte a casa con tu futura esposa, ella te dará herederos y… —se le rompió la voz y tuvo que apretar los labios para no llorar—. Yo tendré a mi hijo y estaremos perfectamente sin ti.

Xavier tuvo que controlar su frustración. Después de más de una década de trabajo incesante estaba a punto de recuperar lo que era suyo y devolver al apellido Alexandre la dignidad que su padre le había robado.

Y el embarazo de Megan ponía en peligro todo eso.

Estaba esperando un hijo suyo, poniéndolo en la misma situación en la que su padre había estado treinta y cinco años antes.

Xavier no podía culpar a nadie más que a sí mismo pero no repetiría los errores de su padre, que había abandonado a su novia en el altar, destrozando así la alianza económica que ese matrimonio hubiera forjado.

Y, al contrario que su madre, nunca podría abandonar a un hijo suyo.

Miró entonces la imagen borrosa de la ecografía… los brazos, las piernas, los dedos. Su hijo o hija, su heredero. De repente, sintió el peso de generaciones de Alexandre sobre los hombros.

Tenía que encontrar una solución al problema o ese bebé le costaría todo aquello por lo que llevaba años luchando.

Capítulo Cuatro

—¿Cómo es posible que no supieras que estabas embarazada antes, cuando hubiéramos podido lidiar con ello?

La pregunta de Xavier hizo que Megan se volviera para mirarlo, airada. El significado no podía estar más claro.

—Por «lidiar con ello» quieres decir que me habrías presionado para que abortase.

—Yo no he dicho eso.

—Es lo que querías decir, evidentemente. No quieres que tenga a este hijo.

Saber eso destrozó lo que quedaba del sueño de que algún día Xavier le declarase su amor, se casara con ella y formasen una familia. No sólo por el niño sino porque la amaba y no podía vivir sin ella.

—Ese niño es una complicación.

Sus palabras fueron otro golpe.

—Lo será para ti, para mí no lo es.

—Responde a mi pregunta, Megan: ¿cómo no sospechaste algo antes?

—Porque mi período nunca ha sido regular. Cuando estoy bajo presión, a veces no me viene… —Megan no terminó la frase, no le apetecía hablar de cosas tan íntimas con él, ya no.

—¿No se te ocurrió pensar cómo iba a influir esto en tu carrera?

—No he pensado en otra cosa desde que lo supe, pero puedo vivir con las consecuencias.

—La determinación de lograr tus objetivos es algo que siempre he admirado en ti, Megan. ¿Y ahora estás dispuesta a dejarlo todo por un hijo que no habías planeado?

—Sí —respondió ella, sin dudar. Pero entonces, de repente, le llegó un aroma conocido… y cuando apartó la mirada vio lo que había sobre la mesa—. ¿Qué es eso?

—He traído tus cruasanes favoritos de París. Siempre decías que te morirías sin tus cruasanes Amande.

Megan se mordió los labios, ridículamente emocionada. Esos gestos románticos eran la razón por la que se había enamorado de él.

—Es un detalle, pero tengo que pedirte que te vayas. Debo irme a trabajar.

Él no se movió.

—Quiero criar a ese hijo.

—¡No!

—Si lo hago, tú podrás volver a la competición.

—Cuando llegue el momento, volveré a la competición —dijo Megan.

—¿Podrás pagar a una niñera?

—Encontraré la manera de hacerlo, no te preocupes.

—Te daré un millón de dólares.

Megan se quedó sin aire en los pulmones.

—¿Qué estás diciendo, quieres comprarme a mi hijo? ¿Te has vuelto loco?

—Tienes que pensar en el niño –insistió él–. Yo puedo darle más estabilidad que tú con esa vida de vagabunda, siempre en la carretera.

Pero no le daría el cariño que Megan había tenido con sus padres y su hermano. Eran un equipo; su madre, su hermano y ella animando a su padre desde las gradas hasta que murieron y la dejaron atrás. Megan debería haber ido en el avión con ellos pero había tenido que quedarse en casa con el sarampión…

—Puede que tu mujer no quiera criar un hijo que no es suyo.

—Cecille hará lo que yo diga.

Algún día se daría cuenta de que no todo el mundo iba a hacer lo que él ordenaba, pensó Megan. Tal vez había sido una suerte escapar de él. Una pena que su corazón se negase a creerlo.

—Tu matrimonio está destinado al fracaso.

—Yo no fracaso nunca.

No, era cierto. Y eso la preocupaba. Si Xavier pedía la custodia legal del niño, sus posibilidades de ganar eran mínimas, aunque Wyatt le hubiera prometido buscar un buen abogado.

—Yo nunca te he pedido nada pero te lo pido ahora. Por favor, olvídate de mí… de nosotros –Megan se llevó una mano al abdomen–. Vete a casa con tu prometida, cásate y forma una familia. Y olvídate de mí para siempre.

Xavier frunció el ceño.

—*C'est impossible*. Vas a tener a mi heredero –le dijo–. Te dejo para que pienses mi oferta. Tú sabes que es mejor para el niño vivir conmigo.

***

Megan no iba a dejar que los regalos de Xavier debilitaran su resolución de hacer lo mejor para su hijo.

De modo que fue al establo con intención de dejar el plato de cruasanes para los mozos, pero sus dedos se negaban a obedecer la orden de su cerebro.

En fin, tal vez podría probar uno…

—¿Debo intervenir? —escuchó la voz de Hannah a su lado.

Megan soltó el plato.

—No, no, sólo estaba… sí, por favor, alguien tiene que llevarse este plato de cruasanes o me los comeré todos.

—¿Son los famosos cruasanes de almendras de los que tanto me hablabas?

—Sí.

—¿Cuántos te has comido?

—Ninguno… aún. Estoy resistiéndome pero no es fácil. Xavier los ha hecho traer desde Francia.

—Ah, qué detalle. ¿Entonces por qué no comes uno? No estás a dieta.

Megan se encogió de hombros. No quería preocupar a Hannah, que estaba enamorada y a punto de casarse con el hombre de sus sueños. Lo último que quería era darle un disgusto.

—Son un soborno para convencerme de que siga siendo su amante hasta que se case con la señorita Cecille.

–Qué egoísta.

Ella no había querido disgustar a su prima... pero Hannah parecía lo bastante furiosa como para estrangular a Xavier.

–Ése es el último de mis problemas ahora mismo. Sabe lo del niño, Hannah.

–¿Se lo has contado?

–No, no. Entró en casa cuando estaba duchándome y…

–¿Y qué? No me dejes a medias.

–Me acusó de tener una aventura con otro hombre.

–Será canalla…

–Entonces se dio cuenta de que yo nunca le engañaría y dijo que quería al niño pero no a mí.

–Oh, Megan, lo siento.

–Y se ofreció a comprármelo.

–¿Qué?

–Me ofreció dinero por darle al niño.

–Será hijo de… –Hannah no terminó la frase, apretando los puños–. ¿Qué piensas hacer?

–No voy a venderle a mi hijo y no voy a seguir siendo su amante hasta que se case, eso desde luego. Pero aparte de eso, no sé. Supongo que tendré que esperar a ver qué hace.

–Tú no sueles ser cobarde, Megan. ¿Sigues enamorada de él? –le preguntó su prima–. Aunque no entiendo por qué después de esto. Menudo cerdo.

Megan tuvo que morderse la lengua para no defenderlo. En realidad, no tenía defensa.

Enfadada consigo misma por no ser capaz de matar sus sentimientos, Megan suspiró.

–Sí, sigo enamorada de él. Pero se me pasará, ¿no? ¿Cómo no se me va a pasar viendo cómo se porta?

–Ojala yo pudiera garantizarlo, pero no puedo. El amor es una cosa extraña.

–¿Qué me pasa? No debería tener ningún problema para decirle adiós a un hombre que quiere comprarme a mi hijo como si fuera un objeto, alguien que quiere utilizarme para engañar a su prometida.

Hannah la abrazó...

–Megan, tú eres la persona más competitiva que conozco. Siempre estás pensando, haciendo planes. Tu capacidad para entender las debilidades de tus oponentes y usarlas para derrotarlos es algo que siempre he envidiado. Y sin embargo, esta vez vas a rendirte sin luchar. ¿Por que?

–No voy a rendirme.

–Pero no mandas a Xavier a la porra como deberías. ¿Por qué?

¿Por qué no luchaba? Aparte de su decisión inicial de seducir a Xavier para que tuviera que reconocer que había algo entre ellos, no había hecho ningún otro plan. Ella siempre tenía un plan A, un plan B y hasta un plan C.

–Imagino que competir en el Grand Prix no es algo tan importante. Siempre hay otras competiciones, otras oportunidades de ganar. Pero estamos hablando de mi hijo, tal vez la única oportunidad de ser madre que voy a tener.

–Sólo tienes veintiocho años, eres muy joven.

–Yo nunca había planeado tener hijos y nunca

antes había estado enamorada. No puedo creer que me haya enamorado de Xavier –Megan sacudió la cabeza–. Yo sabía desde el principio que sólo quería una aventura sin ataduras. Además, tenía fama de mujeriego cuando lo conocí… pero cuando estaba conmigo jamás miró a otra mujer y me hacía sentir especial –suspirando, Megan se pasó una mano por el pelo–. Pensé que hacíamos la mejor pareja del mundo.

–¿Por qué crees que no podéis volver a serlo? Cuando vivías con él eras feliz –dijo Hannah–. Ese hombre necesita un cambio de actitud urgente pero si de verdad estás enamorada, recuerda que ha cruzado el Atlántico con sus caballos sólo para estar a tu lado.

Megan hizo un gesto con la mano.

–Tiene un *jet* privado y la gente que quiera a su disposición para hacer lo que le dé la gana.

–Pero debe sentir algo por ti, algo lo bastante fuerte como para cambiar de país y de continente. Es un hombre rico, atractivo y, por lo que tú me has contado, estupendo en la cama. No creo que tuviera muchos problemas para encontrar otra amante pero te quiere a ti. ¿Por qué no luchas por él?

–Tal vez no soporta que lo haya dejado yo.

–Tal vez –asintió su prima–. Y tal vez no puede soportar la idea de perderte.

–Pero está prometido con otra mujer. Va a casarse con ella.

–Aún no está casado y ese artículo que me enseñaste dice que la conoce hace muchos años. ¿Le has creído cuando te dijo que nunca se había acostado con ella?

¿Lo había creído? Sí, sabía que era verdad, lo había visto en sus ojos.

—Sí.

—Podría estar con ella pero está aquí. No parece que tenga muchas ganas de estar con esa mujer, ¿no?

Megan se mordió los labios.

—Lo sé, pero…

—No entiendo por qué estoy defendiendo a ese imbécil pero ya lo has perdido, ¿no? ¿Qué más podrías perder si lucharas un poquito?

—Mi hijo y otro pedazo de mi corazón.

—¿Y cómo cambiaría eso no luchar por él?

—Sí, tienes razón —asintió Megan.

—Sólo tienes que hacerle ver todo lo que tú puedes darle que *mademoiselle* Cecille no puede.

Megan sintió una chispa de esperanza, junto con una buena dosis de espíritu competitivo.

¿Por qué no intentar recuperarlo?, se preguntó. Pero debería tener cuidado porque cuanto más alto saltase, más dura sería la caída. Y cuanto más creyera que aquel plan loco podría funcionar, más le dolería si no fuera así.

—Voy a necesitar un plan a prueba de bomba.

Megan se llevó una cucharada de helado a la boca y dio un paso atrás para contemplar las tres columnas de notas que había pegado en la puerta de la nevera.

Un mapa visual de las estrategias siempre la ayudaba a aclarar sus ideas y tal vez le iría bien para ganar el corazón de Xavier.

El plan A, de notas rosas, era su primera opción, el plan que restauraría su historia de amor.

En la primera había escrito: «Que Xavier me elija a mí».

En la segunda: «Convencerlo para que deje a su prometida exponiendo las deficiencias de Cecille».

La tercera: «mostrarle que somos perfectos fuera y dentro de la cama y que soy su alma gemela».

Megan tomó otra cucharada de helado, saboreando el rico chocolate.

—La cuestión es cómo voy a hacerlo.

¿Qué podía hacer que no hubiera hecho antes?

Entonces miró la columna de notas azules, el plan B.

Una opción que prefería evitar porque era peligrosa. Incluso su caligrafía era más rígida en esas notas, como si hubiera presionado el bolígrafo más de lo normal.

Xavier creía que su relación era sólo sexo y debía demostrarle lo contrario:

1) no acostándose con él, 2) evitando cualquier comunicación no sexual, 3) sin abrazarlo, sin desayunar en la cama y 4) nada de caricias espontáneas.

Sería difícil pero si era la única forma de ganar la guerra…

Megan tragó saliva, agitada. El plan C era el peor y la columna más corta, sólo un triste *post-it* escrito con temblorosa caligrafía:

«Criar a mi hijo sola».

La puerta se abrió entonces y Megan se volvió, sorprendida.

Sólo Hannah o Xavier entrarían sin esperar.

—¡Megan!

Xavier.

Su voz actuó como un pistoletazo de salida para su corazón. ¡No podía dejar que viera las notas!

Dejando el helado sobre la mesa, corrió hacia la entrada.

—¿Qué haces aquí? —le preguntó.

—¿Ocurre algo?

—No. ¿Por qué?

—Porque estás sin aliento —respondió él.

—Son casi las diez, ¿qué haces aquí a las diez de la noche? ¿Y por qué entras sin esperar a que abra la puerta?

—¿Tienes alumnos este fin de semana?

Megan parpadeó ante el repentino cambio de tema.

—No, la mayoría de mis alumnos han ido a una feria.

—Muy bien —dijo él, antes de darse la vuelta.

—¿Cómo que muy bien?

—Nos vemos mañana.

—¿Pero por qué…?

La puerta se cerró y, frustrada, Megan estuvo a punto de ir tras él. Pero lo último que necesitaba era estar con Xavier antes de terminar de desarrollar su estrategia.

***

No podía tener un hijo bastardo. Eso arruinaría toda su vida, todo aquello que llevaba años intentando reparar. Xavier había vivido soportando murmullos, miradas furtivas y gente que lo señalaba con el dedo durante toda su vida. Aunque las cosas habían cambiado en esos años y que una mujer tuviera un hijo sin estar casada era algo aceptado por la sociedad, no quería arriesgarse a que su hijo sufriera el mismo destino que había sufrido él.

Mientras debatía sus opciones, fue a la granja.

La pequeña propiedad no requeriría tantos empleados como su casa en Francia. Mejor, porque no tenía ganas de entrevistar a posibles candidatos. Las cuatro personas que tenía serían suficientes.

Megan se mostraba cada día más obstinada pero su nuevo jefe de cuadras acababa de llamar para decir que había ido al corral esa mañana. Y Xavier lo consideraba un progreso. Su presencia le ahorraría un viaje a la granja Sutherland más tarde.

Pero, aunque criase al niño con Cecille, no podía arriesgarse a que Megan cambiase de opinión e intentase reclamar la custodia como había hecho su madre, que apareció cuando él tenía doce años anunciando que había cometido un error cuando lo abandonó.

Diez años demasiado tarde. Por supuesto, no había sentido el deseo de ser madre hasta que su amante la abandonó por una mujer más joven y su marido había vuelto a levantar la empresa. Xavier le cerró la puerta, pero había sido un nuevo escándalo y estaba harto de ellos.

De modo que sólo existía una posibilidad: hacer que aquel niño fuera hijo legítimo. Tenía que encontrar la forma de convencer a Megan para que renunciase a la patria potestad.

¿Pero cómo iba a hacerlo?

Todo el mundo tenía un precio, se dijo. ¿Cuál sería el de Megan?

En el pasado le había regalado joyas e incluso un caballo, pero ella había rechazado todos los regalos. Lo único que había aceptado eran cosas sin importancia, vestidos para los eventos a los que acudía con él y muebles para la casa en la que vivían...

Xavier miró la casita de piedra. Tal vez tener una casa propia sería una tentación.

Al ver a Megan en el corral de prácticas su pulso se aceleró. Ni el tiempo ni la distancia habían logrado que dejase de desearla. No entendía la atracción que sentía por ella, pero pasaría. Tenía que ser así.

Apenas miró al joven que estaba montando a Apollo. Timothy tenía talento pero no podía competir con Megan. No, Xavier se concentró en la madre de su hijo. El embarazo le sentaba bien... y no recordaba haber pensado eso sobre otra mujer.

Convencerla para que volviese a Francia con él ya no era una opción. Como ella misma había dicho, presentar a su amante embarazada delante de su prometida sólo crearía problemas.

La abrupta partida de Megan ya había empezado a provocar rumores, de modo que tendría que permanecer en Estados Unidos hasta que pudiera convencerla de que le entregara a su hijo.

–*Bonjour, chérie.* ¿Qué te trae por mis establos esta mañana?

–Buenos días –Megan sonrió y, como siempre, su sonrisa le alegró el día–. He venido a ayudar a Tim con Apollo.

El top azul sin mangas se ajustaba a sus pechos, más generosos que antes. Llevaba los dos primeros botones desabrochados y el sujetador de algodón blanco asomaba ligeramente por el escote…

Tenía que llevarla de vuelta a su cama y luego, durante los siguientes seis meses, convencerla para que le diera la custodia del niño.

–Timothy no tiene tu maestría con los caballos.

–Lo único que necesita es tiempo.

Xavier culpaba el sudor de su frente al sol pero sabía que no era verdad.

Por un momento, ella lo miró con la misma ternura con la que solía mirarlo antes pero el momento pasó enseguida y se volvió para mirar a Tim. Y fue entonces cuando Xavier se dio cuenta de que echaba de menos sus miradas de adoración, su amor.

¿Cómo no había sido capaz de reconocer esa expresión, que estaba escrita en su cara?

Porque no había querido hacerlo.

–Tim es uno de los mejores jinetes aficionados de la granja Sutherland. Si quieres un jinete mejor tendrás que contratar a un profesional pero no sé si vas a encontrar alguno disponible, de modo que puedes llevar tus caballos a otro establo o volver a tu casa.

Xavier ignoró la poco sutil invitación de irse del país.

—No, tú estás aquí y aquí me voy a quedar.

—Yo podría entrenar a Tim. Conozco a esos animales tan bien como a los míos... incluso podrías conseguir alguna escarapela antes de que termine la temporada.

—Puedes venir a mi casa cuando quieras, Megan —dijo él—. ¿Puedo?

No esperó que le diera permiso antes de poner una mano sobre su abdomen. Megan dio un respingo y se habría apartado si él no le hubiera puesto una mano en la cintura.

—¿Qué haces? —le preguntó, casi sin voz.

Mon Dieu. ¿Su deseo no moriría nunca?

—Como cualquier padre, quiero ver como tu cuerpo crece con mi hijo.

—Nuestro hijo —le recordó ella—. ¿Y qué pasa con Perfumes Alexandre? ¿Quién va a llevar la compañía mientras tú estás aquí?

—Tengo contacto desde aquí por Internet y vía satélite, no te preocupes —respondió Xavier—. Ven a vivir conmigo, Megan, vamos a compartir este milagro.

Ella contuvo el aliento.

—Me gustaría que fuera así, pero no pienso irme a vivir contigo.

—¿Por qué rechazas el placer que podríamos encontrar uno en los brazos del otro? Echo de menos el satén de tu piel al lado de la mía, *mon amante,* el dulce calor de tu cuerpo.

Megan abrió los labios como para decir algo pero al final sacudió la cabeza.

–Necesito acostumbrarme a vivir sin ti.

«Vivir sin ti». Esa frase fue como una bofetada. Pero tenía razón, algún día tendrían que separarse. Aunque aún faltaban meses.

–Voy a ponerme en contacto con los propietarios para comprar la granja Haithcock.

–¿Por qué vas a hacer eso? Tienes una finca en Francia.

Y después de la boda tendría dos, pensó él.

–La propiedad será mi regalo cuando me entregues la custodia del bebé. Tendrás una casa propia al lado de la casa de tu prima.

Ella lo miró, dolida.

–¿Para qué quiero una casa sin una familia con la que compartirla? ¿Cuántas veces y de cuántas maneras tengo que decirte que no voy a darte la custodia de mi hijo? No puedes sobornarme ni comprarme con unas tierras.

–Es algo más que unas tierras. Te ofrezco seguridad y la oportunidad de volver a la competición que tanto amas.

–La competición ya no es lo más importante de mi vida. Mi hijo sí. Si insistes, puedes venir a visitarlo.

Estaba siendo más obstinada de lo que él había esperado.

–Mi heredero debe aprender el negocio desde pequeño. Y también debe entender cosas como el honor...

–¿Piensas adoctrinarlo? Mira lo bien que te ha funcionado a ti. Vas a casarte con alguien que no te importa un bledo por Perfumes Alexandre.

—Este matrimonio no es por dinero, el dinero es irrelevante.

—Porque nunca has tenido que preocuparte de pagar las facturas. Dime una cosa, Xavier: ¿qué sabes de tu prometida aparte de que su padre la empuja a un matrimonio de conveniencia y ella acepta sin protestar?

Ese ataque lo sorprendió.

—No sabía que fueras tan maledicente.

—No lo soy. Pero suelo estudiar a la competencia para ver sus debilidades y sus fallos. Y nada de lo que sé sobre Cecille indica que vaya a ser una buena esposa o una buena madre. Es una chica joven a la que le gusta ir de fiesta, ¿lo sabías?

Claro. Es muy joven.

—Pero a ti no te ha gustado nunca acostarte tarde o beber demasiado. Tú tratas las fiestas como una campaña militar: conectas con la gente con la que tienes algún interés y una vez hecho el contacto, te marchas. Nunca te quedas demasiado tiempo y nunca bebes hasta perder el control. Y a Cecille parece gustarle salir en las revistas porque he encontrado montones de fotografías suyas en Internet. A ti, en cambio, te gusta la intimidad y detestas que hablen de ti en los medios de comunicación.

—Cecille se portará como es debido cuando nos casemos… y yo también.

—¿Estás seguro? —replicó Megan— ¿Sabías que es fan del tenis y acude a todos los partidos del Grand Slam? Tú odias el tenis, Xavier. Y, por lo que he leído, a Cecille no le gustan nada los caballos. ¿Se puede saber qué tenéis en común?

—Esos son detalles sin importancia.

—Cecille tiene veinticinco años y no ha trabajado en su vida.

—Mi mujer no tendrá que trabajar.

—No, pero debería tener algún interés en la vida aparte de la moda y el tenis.

—¿Has terminado de meterte con ella?

—Lo siento —se disculpó Megan—. No quiero insultar a una persona a la que no conozco, pero creo que no sabes lo que estás haciendo. Lo único que tenéis en común es que sois franceses y que vuestros padres se dedicaron a la industria del perfume.

La discusión empezaba a irritarlo.

Había jurado sobre la tumba de su padre que recuperaría la finca familiar y la única manera de hacerlo era casándose con Cecille porque el señor Debussey había rechazado todas sus propuestas.

Pero ahora que Megan había plantado la semilla de la duda, Xavier tenía que preguntarse por qué insistía en que se casara con su hija. Y por qué había aceptado Cecille.

—Te aseguro que conozco bien la situación, pero aún faltan meses para eso... lo importante ahora es que he registrado los caballos en el campeonato de Lexington que se celebra este fin de semana.

—¿Por eso me has preguntado si tenía alumnos?

—*Oui*.

—¿No podríamos empezar en un campeonato local, algo mas pequeño? Tim no está preparado para ese tipo de competición.

—Pero los caballos y Tim deben aprender.

Megan inclinó a un lado la cabeza, mirándolo con suspicacia.

—Debes tener muchos contactos para haber conseguido entrar en esa competición con tan poco tiempo.

—Ser patrocinador te abre muchas puertas. Y tú irás conmigo.

—No creo que sea buena idea que te vean conmigo cuando acabas de anunciar tu compromiso. Habrá fotógrafos...

—No, no lo creo.

—¿Cómo que no? Habrá fotógrafos de las revistas ecuestres y en una competición de ese tipo siempre aparece algún *paparazzi*, tú lo sabes igual que yo —replicó Megan.

—A nadie le importan mis asuntos personales en Estados Unidos.

—Lo dirás de broma. Cuando el presidente de una de las empresas de perfumería más importantes del mundo está prometido con la hija de su rival, es noticia en todas partes.

—Si no vas a la competición por mí, hazlo por Timothy. Necesitará que le guíes.

—¿Has hablado con él?

—Sí —asintió Xavier—. Y está dispuesto a intentarlo.

Megan hizo una mueca.

—Muy bien. Pero quiero mi propia habitación en el hotel.

—¿No recuerdas nuestras noches...?

—Las recuerdo, por eso quiero mi propia habitación.

–Como tú quieras –dijo él.

Esta vez no discutiría. Pero eso no significaba que no intentase hacerla cambiar de opinión. Quería a Megan en su cama pero, sobre todo, contaba con que estando en las gradas recuperase su deseo de volver a la competición.

Entonces se daría cuenta de que no había sitio en su vida para un hijo.

Capítulo Cinco

Megan siguió al botones hasta la lujosa suite.

—Es una suite y yo pedí mi propia habitación.

—Eso es todo, gracias —Xavier le dio una propina al botones y esperó hasta que los dejó solos para señalar la puerta de la izquierda—. Tienes tu propia habitación.

—No es eso lo que pedí y tú lo sabes. Deberías haber reservado una habitación para mí en el hotel en el que se aloja Tim.

—Tim se aloja con el resto del equipo en un hotel cerca del circuito. Tranquila, Megan, no voy a obligarte a hacer el amor conmigo.

—Por supuesto que no.

Pero Xavier no tenía que obligarla nada, ése era el problema, con él perdía la fuerza de voluntad.

—No tenemos mucho tiempo. Como te has dejado la ropa en Grasse, he encargado un vestido apropiado para el evento de esta noche. Estará en tu habitación, imagino. Nos iremos en media hora.

Luego entró en la habitación de la derecha y, sin cerrar la puerta, se quitó la chaqueta y la corbata antes de tirarlas sobre la cama.

Megan se dirigió a su habitación. Discutir con él no la ayudaría nada, pensó.

Un momento después oyó que abría el grifo de la ducha y recordó las veces que se habían duchado juntos...

Pero ése era el plan B. Primero tenía que intentar el plan A.

Después de cerrar la puerta de su habitación, abrió el armario y descubrió una bolsa con el logo de uno de sus diseñadores favoritos. Había una bolsa más pequeña al lado y también una caja de zapatos.

Dentro de la bolsa pequeña descubrió un conjunto de ropa interior de encaje en color granate. Y cuando sacó el vestido se quedó sin aliento. Era un vestido de cóctel en color azul tornasolado.

Megan lo dejó sobre la cama para abrir la caja de zapatos... y se enamoró a primera vista de las sandalias de piel color carne y tacón de aguja. *Trés sexy*.

La tela del vestido brillaba de una forma extraordinaria, el azul convirtiéndose en verde mar o dorado dependiendo de la luz.

Era escotado, más de lo que le gustaría, y debido al embarazo sus pechos eran más grandes. Pero Xavier parecía saberlo porque el sujetador le quedaba perfecto.

El bajo de la falda llegaba por encima de las rodillas, mostrando sus piernas mientras escondía su abdomen. Nadie sospecharía su secreto con aquel vestido.

«Oh, Xavier, tú sabes cómo vestir a una mujer».

Megan sonrió. Él no sabía que, sin darse cuenta, había empujado su plan A. Y el plan B también. Aquel vestido era munición suficiente para cualquier estrategia. Y cuando estaba tan guapa, el plan C, criar a su hijo sola, le parecía imposible.

El campeonato era su oportunidad de demostrarle que eran un pareja estupenda, que tenerla a su lado hacía que su vida fuera mejor, más interesante.

En cuanto Xavier le dijo que irían al campeonato de Lexington había entrado en Internet para estudiar a los jinetes, los patrocinadores, los caballos…

Si las cosas iban como ella pensaba, antes de volver a casa el domingo, Xavier habría decidido que no podía apartarse de su lado.

La alta y atlética figura de Xavier Alexandre siempre llamaba la atención pero cuando llevaba un esmoquin, las mujeres, y algunos hombres, no podían apartar la mirada de él.

Megan no podía evitar sentirse orgullosa al ser vista con un hombre tan impresionante. Y saber que ella también estaba guapa la animaba aún más.

Pero, aunque había crecido en el circuito del Grand Prix y su padre había sido un jinete famosísimo, se sentía más cómoda con los peones, con los jinetes y hasta con los vendedores ambulantes que con los patrocinadores.

—Estás muy callada —le dijo Xavier.

—Estaba recordando a mi familia. ¿Te he contado alguna vez que mi primer trabajo en el circuito fue hacer trenzas con las crines y las colas de los caballos?

–No, no lo sabía. No me has contado mucho sobre tu infancia.

–Seguíamos a mi padre a todas partes. Pero no éramos vagabundos, éramos una familia.

–No pudo haber sido tu padre quien te enseñó a relacionarte con los patrocinadores si murió cuando eras una niña.

–Y mi tío tampoco. Aprendí a hacerlo yo sola –dijo Megan–. Competir es muy caro y yo nunca he tenido dinero. Aprendí a mezclarme con la gente en las fiestas... tardé algún tiempo pero al final aprendí a no quedarme callada cuando veía una cara conocida.

–Nunca me has parecido tímida.

–Cuando era niña me parecía que los campeonatos eran una cosa de Las Mil y una Noches, con los obstáculos de colores y las casetas... pero ahí es donde termina el cuento de hadas. Por eso nunca he soñado con un príncipe, siempre he soñado con el caballo perfecto.

Xavier tiró de ella cuando un carrito de golf pasó a su lado.

–Cuidado, *chérie.*

Volver a su relación de antes, a su cama, sería tan fácil, pensó Megan. Pero ése era el plan B.

–Probablemente debería pasar por la caseta de los jinetes para ver cómo está Tim. Es su primera competición importante y supongo que estará nervioso.

–Tim está en buenas manos, no te preocupes. Y tú estás aquí como propietaria, Megan, no como amazona.

–Estoy aquí como propietaria sólo porque tú has pagado una exorbitante cantidad de dinero.

–Como tú has dicho, no se puede devaluar a los animales apartándolos de la competición.

–Pero tres mil dólares por caballo...

–Ya está hecho –la interrumpió él, deteniéndose frente a una carpa blanca–. Sonríe, *mon amante*. Ninguna mujer será tan bella como tú.

Cuando la miraba así, como si la deseara sólo a ella, Megan se derretía.

–Gracias.

Xavier sacó una elegante invitación del bolsillo y se la entregó al guardia de seguridad. Mientras el hombre la comprobaba, Megan miró alrededor y vio al menos cuatro estrellas de cine, un candidato presidencial y al famoso chef de televisión cuyo programa había estado viendo la noche anterior cuando no podía dormir.

Su anfitriona, una rubia que había heredado recientemente una conocida empresa de joyería, se apartó de un icono de la moda para acercarse a ellos.

–Xavier, cariño, cuánto me alegro de que hayas venido a mi pequeña *soirée* –le dijo, antes de besarlo en los labios.

Cuando se apartó, intentando limpiar el carmín de sus labios con el dedo, Xavier la apartó elegantemente para mirar a Megan.

–No sé si os conocéis...

–Ah, sí, me han dicho que debo felicitarte. ¿Es tu prometida?

Él carraspeó.

—No, Renee, te presento a Megan Sutherland. Monta mis caballos y los suyos propios en el circuito europeo. Con gran éxito, además.

La expresión de la mujer cambió por completo, como si no tuviera la menor importancia.

—¿Vas a montar mañana?

—No, voy a tomarme un descanso durante el resto de la temporada para ayudar a mi prima a organizar su boda —respondió Megan—. Uno de mis jinetes competirá esta tarde.

—Megan ha aceptado generosamente ser su entrenadora.

—Ah, qué amable —dijo Renee, irónica—. ¿Y dónde está tu prometida, cariño? Quiero conocer a la mujer que ha conseguido hacer que Xavier Alexandre siente la cabeza de una vez.

Megan empezaba a preguntarse si Renee y Xavier habrían tenido una relación, pero ese comentario le recordó que el mundo de la competición ecuestre era muy pequeño y lleno de cotilleos. Daba igual en qué continente se compitiera, sería imposible no saber nada de Xavier Alexandre y de su mujer. De modo que algunos de sus planes tenía que funcionar. Preferiblemente, el plan A.

—Roland Garros empieza este fin de semana, ¿no? —le preguntó, recordando lo que había leído en Internet.

—Sí, claro.

—Y como a Cecille le gusta el tenis, seguro que estará allí.

Xavier la miró, sorprendido.

—Sí, imagino que sí.

Megan sonrió. Aquella era una competición entre Cecille y ella, aunque la francesa no estuviera allí. Y el tiempo corría, de modo que tenía que hacer una interpretación perfecta.

Le demostraría a Xavier que era su alma gemela y para eso utilizaría su mutuo afecto por los caballos y el hecho de que estaba a su lado mientras su prometida estaba en Francia.

¿La besaría Xavier? ¿La invitaría a entrar en su habitación? Y si lo hacía, ¿seguiría ella el plan A, la estrategia más segura para demostrarle lo que había entre ellos aparte del sexo?

¿O daría un paso adelante y utilizaría el más arriesgado y complicado plan B?

Cada mirada de Xavier la dejaba sin aliento y cada roce de su mano era como una descarga eléctrica. Y no la había tocado a propósito. Sí, pasar el resto de la noche en sus brazos sería extremadamente satisfactorio. Físicamente.

El plan B, darle sexo y sólo sexo antes de alejarse, exigía más control del que había tenido en su vida. Tendría que guardar su corazón mientras hacía el amor con él, concentrándose sólo en el aspecto físico…

Usar la pasión que había entre ellos era una estratagema tan antigua como el tiempo pero su rechazo después de hacer el amor en la casita le había dolido en el alma. No estaba segura de que quisiera pasar por eso otra vez, aunque fuese la línea de ataque más efectiva.

Megan siguió a Xavier hasta la suite y esperó que él diera el primer paso, pero Xavier no intentó llevarla a su cama. Mejor, pensó. No estaba convencida de que el plan B sirviera para algo y si fracasaba la dejaría desolada.

—Buenas noches. Espero que mañana sea un gran día.

—El primer evento de Tim es a las once. Desayunaremos juntos antes de ir al circuito.

En el pasado siempre habían despertado juntos, se duchaban juntos y a veces hacían el amor antes de irse a trabajar...

Pero no quería pensar en eso.

—Yo esperaba ver a Tim antes para repasar el plan de saltos.

—Megan, *ma petite*, lo has preparado lo mejor posible. Dale tiempo para digerir todos tus consejos.

—Pero...

—Servirán el desayuno a las ocho —la interrumpió Xavier antes de entrar en su habitación.

Megan entró en la suya y cerró la puerta. ¿Estaba decepcionada porque Xavier no había intentado hacerle el amor?, se preguntó. Ella quería hacerlo, quería abrazarlo, besarlo. Pero quería que fuera como antes. No, como ella había creído que era antes, sin saber nada de sus planes de matrimonio. Quería recuperar su cuento de hadas.

¿Por qué estaba convirtiendo aquello en un concurso entre Cecille y ella?, se preguntó.

Tuvo que hacer un esfuerzo para quitarse la ropa, darse una ducha y ponerse una camisola y un pantalón de pijama, recordando otras noches con Xavier... aunque él nunca la había dejado dormir con ropa.

Demasiado inquieta como para conciliar el sueño sabiendo que Xavier estaba a unos metros de ella, y totalmente decepcionada por su propia indecisión, se sentó al borde de la cama y tomó el mando de la televisión para ver si encontraba una buena película.

Su estómago protestó a pesar de la suntuosa cena a la que habían acudido.

Tendría que llamar al servicio de habitaciones, pensó. Pero cuando estaba levantado el teléfono sonó un golpecito en la puerta de la suite y, suspirando, se puso un albornoz antes de asomar la cabeza en el salón.

Xavier, en vaqueros y camiseta, señaló un carrito de comida.

—Ha llegado la cena.

—¿La cena? —repitió ella, sorprendida.

—Sé que no sueles comer nada antes de un campeonato, así que he encargado algo al servicio de habitaciones.

Lo recordaba, no lo había olvidado.

—Sí, la verdad es que tengo hambre.

Xavier se acercó al carrito y levantó la tapa de una bandeja. ¿Tacos? Megan soltó una carcajada. Ella había esperado champán.

—No es lo tú sueles comer.

Él sonrió también.

–Siempre me ha divertido verte en un restaurante de cinco tenedores recordando la comida basura americana –le dijo, levantando otra tapa y haciendo que el corazón de Megan se derritiera como la mozzarella en una pizza–. He pedido aritos de cebolla, salchichas, tarta de queso con arándanos y, por supuesto, limonada. ¿Ésa era tu fantasía, mon amante?

Megan sintió que lo quería un poco más en ese momento.

–Sí, gracias.

Xavier siempre cuidaba los detalles y, se diera cuenta o no, acababa de demostrar que le importaba de verdad. Porque aquello era lo que habían tomado en su primera cita, cuando estaba tan nerviosa con aquel francés tan elegante que no podía dejar de parlotear.

Y no pensaba renunciar a él sin luchar. Aunque eso significara tener que pelear sucio, algo que ella no hacía jamás.

Algo había cambiado durante la cena. Xavier no sabía exactamente qué, pero le gustaba.

Megan parecía más relajada y cuando sus ojos se encontraban no los apartaba como había hecho desde que la localizó en Estados Unidos. Aunque sabía que le había molestado verlo con Renee.

–Veo que te gusta la cena.

–Todo está riquísimo –asintió Megan.

–Me alegro.

—Seguramente no debería haber comido tanto pero tengo un apetito insaciable últimamente. Tenía que probarlo todo.

Las palabras «insaciable» y «apetito» aceleraron el corazón de Xavier. Oh, sí, su Megan tenía un apetito sexual insaciable.

—He echado de menos estos ratos contigo –le confesó.

—Yo también –dijo ella–. Y pensar que no vamos a tener estos momentos nunca más…

Megan apartó la mirada y Xavier lo lamentó. Odiaba hacerle daño, ¿pero qué otra cosa podía hacer? Tenía que casarse con Cecille.

Se levantó para apartarle el pelo de la cara, los oscuros mechones deslizándose por sus dedos como la seda. La notó temblar y vio que se le ponía la piel de gallina cuando le besó el cuello.

—Te deseo, *mon amanta.* Quiero dormir contigo entre mis brazos, con tu sabor en los labios y tu aroma pegado a mi piel.

Megan echó a un lado la cabeza, como una invitación, y Xavier se inclinó para oler su cuello, llevando esa esencia a sus pulmones y grabándola en su recuerdo para siempre.

—¿Por qué yo?

Le había hecho esa pregunta la primera vez que la invitó a cenar.

—Porque compartimos una pasión que no se puede negar.

Había reconocido la fuerza de esa pasión desde el momento que la miró a los ojos, como había sabido que sería suya en cuanto supo que era una persona tan centrada en su carrera como él. Pero no había esperado que su deseo por ella fuera tan incontenible.

La ayudó a levantarse de la silla y desabrochó el cinturón del albornoz, dejando que cayera al suelo. Al ver que sus pezones se marcaban bajo la camisola, el deseo se convirtió en un incendio.

Megan arqueó la espalda, animándolo, invitándolo. Xavier acarició sus pechos por encima de la seda de la camisola, pero el contacto no era suficiente, necesitaba tocar su piel.

Adoraba todo en el cuerpo de una mujer, pero lo que más llamaba su atención eran las piernas y las de Megan eran excepcionales. Pero esa noche sus pálidos pechos lo tenían transfigurado. ¿Cómo no se había dado cuenta nunca de las pálidas venitas bajo su piel de alabastro?

Xavier inclinó la cabeza para trazarlas con la lengua, oyéndola suspirar. Luego enterró la cara entre sus pechos y respiró su aroma, único. Su instinto de perfumero anhelaba embotellar aquel *arôme magnifique*. Si pudiera vender el efecto que ejercía en él sería millonario más allá de sus sueños. Más que cuando fusionara su empresa con Perfumes Debussey.

Megan enredó los dedos en su pelo, guiándolo hacia un sensible pezón que Xavier chupó, disfrutando de su sabor y de sus gemidos de placer. Pero no era suficiente.

Necesitaba sentir el íntimo abrazo de su cuerpo, de modo que la tomó en brazos para llevarla al dormitorio. Una parte de él esperaba que pusiera objeciones. Después de todo, se había negado a hacer el amor desde su explosiva pelea en Francia. Pero Megan no protestó. Y a él le daba igual por qué hubiera cambiado de opinión.

Megan se puso de lado y tocó las sábanas, invitándolo a unirse a ella, esperándolo con los labios entreabiertos y sus magníficos pechos subiendo y bajando.

Xavier se desnudó a toda prisa antes de quitarle a ella el pantalón del pijama. Por un momento, sólo podía mirarla, bebiéndose la belleza de su femenina figura.

Megan nunca había sido tímida en la cama pero esa noche parecía más audaz que nunca mientras acariciaba sus hombros, su espalda y sus nalgas con manos firmes pero suaves a la vez. El contraste hizo que Xavier estuviera a punto de perder el control.

Se recordó a sí mismo entonces que Megan estaba esperando un hijo suyo y debía contenerse para no hacerle daño al bebé.

Levantó sus manos por encima de su cabeza antes de colocarse sobre ella. Manteniéndola cautiva, besó su sien, su nariz, su boca. Megan abrió los labios ofreciéndole más, pero él siguió besando su barbilla, su cuello y, por fin, sus maravillosos pechos.

Ella se agitaba debajo, atormentándolo con cada movimiento, pero Xavier no quería ir deprisa cuando el tiempo que les quedaba era muy limitado. No, haría que aquella última noche durase todo lo posible.

Sin soltar sus manos, se puso de rodillas entre sus piernas, abriéndola, exponiéndola a su mirada, y luego inclinó la cabeza para besar su estómago, su ombligo, el triángulo de rizos oscuros entre sus piernas. Ella gemía, levantando las caderas como una invitación, y Xavier la acarició por todas partes... por todas salvo donde sabía que ella quería que la tocase.

Su gemido de frustración hizo eco por el dormitorio y Xavier sonrió.

–Paciencia, *mon amante*.

Sentía la feroz compulsión de enterrarse en ella hasta el fondo. Pronto, se prometió a sí mismo, dándole al capullo escondido entre los rizos la atención que necesitaba. Megan contuvo el aliento, sus músculos tensos, duros, cuando le llegó el orgasmo.

Lentamente, Xavier ascendió por su cuerpo, arrastrando su piel ardiente por la suya... y entonces recordó que no tenía preservativo. ¿Pero lo necesitaba?

La posibilidad de entrar en ella sin preservativo y experimentar cada centímetro de su aterciopelado interior provocó un incendio en su espina dorsal.

El erotismo de estar tan cerca, sin barreras de ningún tipo, estuvo a punto de abrumarlo y tuvo que hacer un esfuerzo inhumano para no llegar al clímax más rápido.

Como si lo supiera, Megan sonrió; una sonrisa sexy que incrementó su excitación.

Un gemido ronco escapó de su garganta, la intensidad de las sensaciones más poderosa que nunca. El instinto animal hizo que se apartase para entrar en ella de nuevo, cada vez con un ritmo más rápido...

Por primera vez en su vida no podía dominarse. No era capaz de controlar los salvajes latidos de su corazón, sus jadeos…

El clímax explotó y un gemido ronco ahogó los latidos de su corazón.

Temblando, agotado, se le doblaron los codos pero consiguió tumbarse de lado para no aplastarla. La combinación de sus fluidos mientras se apartaba era lo más íntimo que había compartido con ella, con nadie, en toda su vida.

Se quedó en silencio, intentando llevar aire a sus pulmones, intentando recuperar la cordura. Sin necesidad de tirar el preservativo no había razón para no abrazarla, afortunadamente, porque no podía moverse. Nunca se había sentido tan saciado en toda su vida.

Pero Megan destrozó ese momento de euforia apartándose de él.

—Buenas noches, Xavier.

—Buenas noches, *mon amante.*

Entonces notó que se movía y cuando abrió los ojos vio que Megan se había levantado de la cama.

—¿Dónde vas? —le preguntó, con voz ronca.

—A mi habitación, que duermas bien —dijo ella, antes de cerrar la puerta.

Xavier se sentó en la cama, perplejo.

Megan se había ido… y las mujeres nunca se iban de su lado.

Muy bien, aquello era nuevo para él. Y no le gustaba nada.

Capítulo Seis

A la mañana siguiente, Megan entró en la carpa en la que tenía lugar el desayuno de los propietarios, decidida a hacer contactos entre los patrocinadores estadounidenses.

Si se viera obligada a poner en marcha el plan C tendría que encontrar patrocinadores allí y, aunque no le apetecía demasiado, tampoco iba a perder la oportunidad.

Pero la razón principal por la que había ido allí era porque estar en una carpa llena de gente influyente le daba una razón legítima para evitar un desayuno íntimo con Xavier. Y aquel sería el último sitio al que iría a buscarla.

Después de la noche anterior sabía que estaba pisando terreno peligroso y tenía que encontrar la manera de calmarse y ordenar sus pensamientos.

Megan saludó a las caras conocidas, gente contra la que había competido muchas veces. Lo único que tenía que hacer era saludar a algún patrocinador...

—¡Megan! —escuchó una voz familiar.

Le gustaría seguir adelante como si no la hubiera oído pero se volvió con una sonrisa forzada para saludar a una de las personas que peor le caía en el mundo.

—Hola, Priscilla.

La chismosa llevaba años detrás de ella en el circuito. Literalmente. Que Megan siempre ganara había aumentado el antagonismo entre las dos y Prissy era una mala perdedora.

—Todos nos preguntábamos dónde te escondías tras el anuncio del compromiso de Xavier.

—No estoy escondida, estoy trabajando como entrenadora en la granja Sutherland. Mi decisión de volver a Estados Unidos coincidió con el anuncio del compromiso de Xavier.

—Pero llamaste a todos tus clientes para decirles que te ibas el mismo día que salió el anuncio en los periódicos.

—Como te he dicho, es una coincidencia. He vuelto a casa porque mi prima Hannah está a punto de contraer matrimonio y quería ayudarla a organizar su boda.

—¿Tu prima? —repitió Priscilla, incrédula.

—Hannah Sutherland —dijo Megan—. Es criadora de caballos y la única pariente que me queda.

—Sin contar a tu tío. Pero no os lleváis bien, ¿no?

Maldita bruja. Le gustaría tirarle el zumo de naranja a la cara, pero Megan no era ese tipo de persona.

—Mi tío y yo hemos tenido algunos desacuerdos, pero ahora está retirado y ya no vive en la granja.

—Bueno, no puedes decir que no te advertí sobre Xavier —siguió Priscilla—. Aunque creo que tú has durado más que las demás. Su récord estaba en cuatro meses y vosotros estuvisteis juntos… ¿cuánto tiempo?

Megan no respondió a la pregunta.

–¿Qué haces en Lexington? No creo que hayas cruzado el Atlántico para charlar conmigo sobre Xavier.

Priscilla sonrió.

–¿No te has enterado? Voy a vender mi caballo.

–No, no lo sabía.

–Estoy buscando uno que tenga condiciones de campeón.

Prissy era de las que culpaban al animal en lugar de aceptar que, sencillamente, la responsabilidad del fracaso era suya.

–Te deseo suerte.

–¿A quién vas a montar hoy?

–No voy a montar.

–¿En serio? ¿Por qué?

–Me estoy tomando un descanso –respondió Megan–. Después de diez años creo que me lo merezco. Además, los preparativos de la boda de mi prima me roban mucho tiempo. Hannah no tiene una madre que la ayude.

–¿Has hablado con Xavier desde que os separasteis? Se ha ido de Francia.

–He venido con él. Ha alquilado una propiedad cerca de la granja Sutherland y estoy entrenando a sus caballos.

–¿En serio? –exclamó Priscilla–. ¿Va a mantenerte a ti aquí y a su mujer en Francia?

Genial. Prissy ya tenía su versión de la realidad y se la contaría a cualquiera que quisiera escucharla… a menos que pudiera convencerla de que ésa no era la situación.

—No seas tonta, estoy aquí como entrenadora. Uno de los jinetes a los que entreno va a montar un caballo de Xavier este fin de semana.

—¿Y tú no vas a montar? ¿Estás lesionada?

—No, no —murmuró Megan. Si Prissy descubría su secreto sería como emitir un comunicado de prensa—. Estoy descansando, simplemente.

—No me lo puedo creer.

«Sé amable, Meg».

Pero no pudo evitarlo, tenía que borrar esa horrible sonrisa de sus labios.

—Prissy, como no vamos a competir la una contra la otra, voy a darte un consejo: cuando pierdes es culpa tuya, no de tu caballo. Y da igual que montes uno nuevo o el antiguo, no vas a conseguir otro resultado hasta que cambies. Montas bien durante una competición, pero te pones tensa cuando llegas al obstáculo y lo estropeas. Sostienes las riendas con demasiado fuerza y el caballo no entiende ese mensaje. Le estás diciendo inconscientemente que dé una zancada más antes de saltar, por eso tiras los obstáculos. No porque tu caballo cometa errores sino porque los cometes tú. Y ahora, si me perdonas, tengo que ir al corral de prácticas.

Dejando a Priscilla roja de ira, Megan se acercó a la mesa del bufé para servirse una tortilla de jamón, espárragos y queso suizo que la hubiera hecho salivar unos segundos antes. Pero había perdido el apetito después de su conversación con Priscilla. Saber que su vida estaba siendo diseccionada por sus viejos conocidos la sacaba de quicio.

Cualquier cosa que hiciera, incluso a aquel lado del océano, sería noticia hasta que encontrasen otro escándalo más jugoso.

El plan C no era una opción si quería mantener la cabeza bien alta en el circuito.

El desayuno no había mejorado el humor de Megan que, mientras observaba a Tim en el corral de prácticas, se regañaba a sí misma. Se había creído demasiado lista como para enamorarse y estaba pagando el precio por ser tan soberbia.

Nunca había buscado un alma gemela porque no pensaba formar una familia. En lugar de eso, se había concentrado en su carrera, jurando no dejar que nadie la atase o exigiera demasiado de su tiempo. Había aprendido pronto que los seres queridos podían desaparecer sin previo aviso…

Las pocas relaciones que había tenido antes de Xavier, amigos con derecho a roce, habían sido satisfactorias pero nada importante. Habían servido su propósito: encontrar alivio físico con alguien en cuya compañía lo pasaba bien, alguien que le gustaba y a quien respetaba.

Cuando conoció a Xavier había esperado que fuera lo mismo. Y había empezado así, sólo diversión y pasión en la cama. Mucha pasión. La relación había sido perfecta hasta que él rompió su burbuja protectora comprándole una casa, su primer hogar auténtico desde la muerte de su familia. Tal vez por eso anhelaba una relación duradera con él.

Y cuando trazó el loco plan B se había engañado a sí misma pensando que podría acostarse con él sin que eso la afectara.

Cada vez que levantaba un muro, Xavier lo tiraba... la noche anterior, por ejemplo, al no usar preservativo. La falta de barreras entre ellos había hecho que el sexo fuera más íntimo...

¿Cuándo iba a aceptar que compartían mucho más que una potente atracción sexual? ¿Se daría cuenta algún día o era una batalla perdida?

«Los que se rinden no ganan nunca».

Ella no se rendía fácilmente y eso había contribuido a su éxito en el circuito ecuestre. Pero, como Hannah le había aconsejado, debería aplicar esa misma dedicación a su relación con Xavier.

No podía renunciar a él, era demasiado importante.

Si Xavier quería fingir que su relación sólo era sexo, seguiría dándole exactamente eso: sólo sexo, por mucho que le doliera tratar la relación que había entre ellos como si fuera algo trivial.

Pero sin duda el plan B era un asco.

Dejar su cama cada noche, con el corazón acelerado y la huella del cuerpo de Xavier en el suyo era lo más difícil que había hecho nunca. Y no sabía cuánto tiempo podría seguir haciéndolo sin que eso la destruyera.

—¿Has dormido bien en tu solitaria cama, *ma chérie?*

La voz de Xavier a su espalda hizo que diera un respingo. No le preguntaría si había dormido bien si supiera cuánto maquillaje había necesitado para ocultar las ojeras.

Pero, fingiendo una calma que no sentía, se volvió para mirarlo.

—Siempre duermo bien después del sexo. ¿Y tú?

—Yo hubiera preferido que te quedaras. Te has perdido el desayuno en la habitación y no respondiste cuando llamé a tu puerta.

—Me marché temprano. He desayunado en la carpa con otros propietarios y luego he ayudado a Tim a prepararlo todo.

—Ése es el trabajo del mozo.

—Sólo si puedes pagar un mozo.

Xavier frunció el ceño.

—El mío está a tu disposición.

—¿Durante cuánto tiempo? —Megan tenía que hacerle ver que ya nada era como antes—. Tengo que acostumbrarme a cuidar de mis propios caballos y no tengo mucha práctica.

—Eso no es necesario.

—Sí lo es. Cuando tú y tus caballos volváis a Europa, y lo harás, yo me quedaré aquí.

A menos que ganase la pelea y lo convenciera para formar la familia que nunca hasta ese momento había deseado.

Por el megáfono escucharon el anuncio de la competición y el corazón de Megan se aceleró. Normalmente, aquel era su momento, el momento en que le demostraba al mundo, y a su tío, que Megan Sutherland era algo más que la hija de esa mujer. Y también sería el momento en el que se inclinara en la silla para darle un último beso de buena suerte a Xavier.

Pero no aquel día.

Aquel día tendría que olvidar su decepción de que no hubiera beso, ponerse en el papel de entrenadora y dejar que otra persona se llevara los aplausos. Y nada de eso iba a ser fácil.

La posibilidad de tener que acostumbrarse a esa vida para siempre hizo que se le encogiera el estómago. Montar era lo que mejor sabía hacer. Ella no tenía un título universitario ya que se marchó de casa de su tío cuando terminó el instituto...

—¿Tampoco vas a sentarte conmigo en el palco? —la pregunta de Xavier interrumpió sus pensamientos.

—Iré contigo —respondió ella, haciéndole un gesto a Tim.

El jinete se acercó a la cerca, la tensión era evidente en su rostro mientras Megan acariciaba el cuello de Rocky, deseando estar al otro lado.

Era tan difícil dejar que otra persona montara a sus caballos...

—Recuerda que ésta es una oportunidad para aprender antes de tomar parte en competiciones de mayor categoría. No tienes nada que perder, no sales a ganar. Si consigues un buen puesto, estupendo, pero no es tu objetivo para hoy. El objetivo es hacer un circuito lo más limpio posible. Concéntrate en lo más básico y recuerda lo que hemos hablado esta mañana: mantén los ojos en la barra de arriba y todo irá bien.

Tim asintió con la cabeza.

–Lo intentaré. No quiero defraudarte.

–No lo hagas por mí, hazlo por ti. Eres un buen jinete y montas un buen caballo, lo único que necesitas es práctica.

Un poquito menos tenso que antes, Tim se dirigió hacia el circuito con el resto de los jinetes. Y Rocky, que estaba deseando saltar, tuvo que ser sujetado por los mozos.

Megan los miró, deseando estar sobre la silla…

–Es demasiado pronto para él –murmuró.

–Ya aprenderá –dijo Xavier.

–Y si no aprende es que no ha nacido para ser un competidor.

Megan se sentó al borde del asiento, intentando calmarse.

El primer jinete se acercaba al obstáculo y Megan se encontró contando los pasos, inclinándose hacia delante y apoyándose en las puntas de los pies, como si estuviera sobre el caballo.

Avergonzada, se echó hacia atrás abruptamente mirando a Xavier de soslayo. Él estaba mirándola en lugar de mirar el recorrido y en sus ojos había un brillo de satisfacción.

¿Satisfacción? Esa emoción parecía fuera de lugar.

–Echas de menos la competición.

Debía ser obvio, pero no le daría más munición, decidió.

–Observar desde las gradas es una oportunidad de estudiar a los jinetes y a los caballos con los que me enfrentaré el año que viene, cuando vuelva a la competición.

En cuanto dijo esas palabras se le ocurrió algo: también podía usar ese tiempo para charlar con los jinetes y amazonas que tuvieran hijos pequeños, aunque había pocos, para ver si a alguno le interesaba compartir una niñera durante la temporada de saltos.

Y cuando terminase la temporada… tal vez Nellie, el ama de llaves de la granja Sutherland, que prácticamente había criado a Megan y Hannah tras la muerte de sus respectivas madres, estaría interesada en el trabajo.

El sonido de unos cascos golpeando la arena hizo que se diera cuenta de que no estaba prestando atención al campeonato y se concentró en el circuito, intentando olvidarse de Xavier y de sus circunstancias.

Consiguió concentrarse durante unos minutos, hasta que dijeron el nombre de Tim y Rocky Start por el altavoz. Entonces, el corazón de Megan se volvió loco.

Qué curioso que estuviera mucho más nerviosa sentada en las gradas que subida sobre una silla de montar. Se inclinó hacia delante de nuevo, agarrándose al borde del asiento mientras Rocky y su jinete se preparaban para empezar el circuito.

Tim parecía nervioso mientras saludaba a los jueces, esperando que le dieran permiso para empezar, y Rocky, contagiado de los nervios de su jinete, también parecía inquieto. A Megan se le hizo un nudo en la garganta y Xavier volvió a tomar su mano, inclinándose hacia delante hasta que notó su aliento en el cuello.

—Di que sí, *mon amante,* y podrás volver a la competición el año que viene.

Megan lo fulminó con la mirada, perdiéndose el primer salto. Estaba ofreciéndole la solución más simple: si le entregaba a su hijo, su vida podría volver a la normalidad. Pero ella ya no estaba interesada en esa versión de la normalidad y no era de las que tomaba el camino más fácil.

Entonces se dio cuenta de algo... Xavier estaba usando la misma estrategia que ella, intentando que viera lo que iba a perderse si seguía por ese camino.

Por eso había pagado la exorbitante inscripción de los caballos en Lexington, por eso había reservado una suite de lujo, por eso le había comprado el vestido de diseño y pedido su cena favorita. No tenía nada que ver con sus sentimientos. Estaba intentando manipularla para que le diera lo que quería: a su hijo.

Bueno, pues tendría que ser más inteligente para conseguirlo. Megan estaba dispuesta a ganar; su vida y la vida de su hijo dependían de ello.

El segundo puesto era, después de todo, el puesto del perdedor.

Aquella noche sería diferente, se prometió Megan a sí misma mientras apartaba el plato de la cena.

No perdería el control ni olvidaría su objetivo.

Esa noche tendría a Xavier de rodillas, pero mantendría las distancias.

Y entonces, tal vez dejarlo en la cama no le dolería tanto.

Se levantó de la silla y, lentamente, bajó la cremallera del vestido que le había regalado para el evento de esa noche, aquel de color rojo. La prenda se deslizó hasta el suelo, dejándola con un *bustier* rojo con tanga a juego y zapatos de tacón del mismo color.

Sin apartar los ojos de ella, Xavier se echó hacia atrás en la silla para quitarse la corbata y hacer un nudo en un extremo.

Se va a arrugar —le advirtió Megan.

—No importa, la plancharán en la tintorería del hotel —Xavier repitió el proceso en el otro extremo de la corbata y se levantó, lentamente, acercándose a ella como un tigre dispuesto a atacar.

El corazón de Megan latía como loco. Habían jugado a juegos sexuales muchas veces, pero... ¿qué quería?

—¿Qué haces?

—Estoy a punto de darte placer.

Megan se volvió para ir a la habitación pero Xavier le sujetó una de las muñecas con un extremo de la corbata y luego capturó la otra con el otro, como si fueran esposas.

—Xavier...

—¿No confías en mí?

—Sí, claro, pero...

Xavier interrumpió la frase con un beso profundo, seductor, potente y letal. Sus lenguas se encontraron mientras él acariciaba su espalda y empujaba sus nalgas hacia delante.

Megan intentó soltarse las manos pero no podía hacerlo.

Aquello no podía ser. Tenía que controlar la situación, se dijo.

Clavando un tacón en la alfombra, intentó llevarlo hacia el dormitorio y cuando fracasó, tiró de él hacia el sofá. Y cuando tampoco eso funcionó, tiró hacia la mesa, cualquier superficie horizontal. Cualquier sitio que no fuera su cama, donde iría a lamer sus heridas más tarde.

Xavier sonrió mientras la tomaba en brazos para llevarla al dormitorio, donde la dejó de pie al lado de la cama. Aquello no iba como ella había planeado.

–Los preservativos están en tu habitación –le dijo–. Vamos allí.

–No los necesitamos. Me gustó mucho estar dentro de ti anoche, sin nada entre nosotros.

–Suéltame y deja que te toque.

–Más tarde –dijo él, besándole el cuello.

Megan dejó escapar un gemido cuando desabrochó el sujetador y empezó a acariciar sus pechos, rozando los pezones con la punta de los dedos.

–Xavier, necesito tocarte...

–Me estás tocando –dijo él, apretándose contra ella para rozar sus pezones con la camisa y su estómago con la hebilla del cinturón.

Luego se apartó para bajarle las braguitas, dejando que cayeran a sus pies, sus muñecas y sus tobillos cautivos. Pero Megan, con su acostumbrado carácter, levantó los pies para quitárselas y sacudirse los zapatos.

Xavier no dejaba de acariciarla y sus caricias le estaban robando la posibilidad de amarlo y dejarlo sin el menor problema. Maldito fuera.

«Concéntrate, recuerda que esto es sólo sexo. Eso es lo único que él quiere y eso es lo que vas a darle. No pienses que sabe encontrar todas tus zonas erógenas y te acaricia hasta que quieres suplicarle que alivie tu deseo».

Pero maldita fuera, lo hacía tan bien...

Xavier la levantó para tumbarla en la cama, tirando de los extremos de la corbata para que sus brazos colgasen a cada lado. Se inclinó sobre ella, vestido, y volvió a besarla en el cuello, las orejas, bajando hasta sus pechos, atormentándola con su ardiente lengua y luego con su debilidad personal, el roce abrasivo de su barba.

«Date prisa, date prisa».

Quería que terminase con aquello antes de que perdiera la cabeza pero él seguía lamiendo, chupando, haciendo que se estremeciera.

Mantener las distancias, aunque sólo fuera mentalmente, era la única manera de no perder otro pedazo de su corazón. Cerrando los ojos, intentó recordar los obstáculos que Tim había derribado...

Un sonido la distrajo de su película mental, pero antes de que pudiese identificar lo que era notó algo frío sobre un pezón y abrió los ojos de golpe.

—¿Qué es eso?

Hielo. Xavier estaba haciendo círculos sobre su aureola con un cubito de hielo antes de reemplazarlo por su ardiente boca, el contraste la hacía gemir de placer. Megan experimentó un deseo más potente que nunca. No hubiera podido contenerlo aunque quisiera. Nunca habían jugado a aquel juego y le gustaba, cómo le gustaba.

Xavier repitió el proceso con el hielo en el otro pecho y Megan tuvo que morderse los labios con fuerza.

«Concéntrate».

¿En qué?, le preguntó su embotado cerebro.

En el cubito de hielo entre sus pechos, deslizándose por su estómago, en el frío círculo que hacía alrededor de su ombligo, en las gotas de agua que caían sobre su punto más ardiente.

La boca de Xavier reemplazó al hielo, su experta boca...

Megan se agarró a las sábanas, a punto de llegar al clímax. Intentó controlarlo pero, a pesar de sus valientes esfuerzos, explotó un segundo después, haciéndola llegar al éxtasis.

—¿Quieres que pare, *mon amante*?

—No, por favor. No pares, te necesito dentro de mí.

Xavier esbozó una sonrisa.

—No, aún no. Pero pronto.

Y Megan suspiró, derrotada. Cualquier estrategia para mantener cierta distancia emocional se había derretido antes que los cubitos de hielo con los que estaba atormentándola. Lo intentaría de nuevo al día siguiente porque esa noche Xavier había aniquilado su estrategia.

En casa al fin.

Megan soltó la maleta en el vestíbulo el domingo por la noche y se apoyó en la puerta, agotada.

Después de dos noches haciendo el amor con Xavier y tres días fingiendo que no le importaba, lo único que quería era meterse en la cama y llorar. Especialmente después de la noche anterior, cuando le había ganado la batalla orgasmo tras orgasmo.

La había hecho suplicar y después había llorado entre sus brazos. Había llorado, maldita fuera.

Estaba casi segura de que él no lo había notado, pero ella lo sabía. Eso era lo que importaba. Había llorado silenciosamente por todo lo que estaba a punto de perder mientras Xavier dormía, destrozando sus intenciones de lamer sus heridas en privado.

Su estómago empezó a protestar pero no tenía energía para hacerse la cena. Por el niño, tomaría un plátano y un vaso de leche, aunque lo que de verdad quería era darse una ducha caliente y meterse en la cama.

Iba hacia el cuarto de baño cuando sonó un golpecito en la puerta. No había cerrado con llave y si era Xavier entraría de cualquier forma, pensó. Pero si abría ella, al menos tendría una oportunidad de convencerlo de que estaba demasiado cansada.

Pero no era Xavier sino Hannah, cargada de bolsas.

–He traído los *fettuccini* Alfredo de Nellie. ¿Me dejas entrar? –bromeó su prima.

–Sí, claro. Pero cierra la puerta con llave.

–¿Qué tal el fin de semana? –le preguntó Hannah, yendo tras ella a la cocina.

–Ninguno de los caballos consiguió un buen puesto, pero Tim lo hizo bastante bien considerando que era su primera competición importante. Sólo cometió ocho fallos y Apollo...

–No hablaba de los caballos o de Tim, Meg.

Megan disimuló una mueca mientras abría la nevera.

–¿Vas a cenar conmigo?

–Sí, claro. Wyatt ha tenido que irse de viaje y Nellie tiene su reunión del club literario esta noche, así que estamos solas –Hannah sacó una bandeja cubierta con papel de aluminio–. Ay, qué bien huele. ¿Qué tal con Xavier?

–¿Quieres que pierda el apetito? Nellie se enfadará si dejamos algo.

–No lo sabrá nunca. Dejaré las pruebas aquí –bromeó Hannah–. Bueno, cuéntame.

Megan no quería preocupar a su prima, pero Hannah podía ser muy cabezota cuando quería y, evidentemente, había decidido que no podía vivir sin conocer los detalles del fin de semana.

–Nos acostamos juntos.

–¿Por qué eso no suena como una buena noticia?

–Porque no lo es. Xavier cree que nuestra relación es sólo sexo y he decidido que la única manera de demostrarle que está equivocado es dándole sexo y sólo sexo, sin abrazos, sin compartir el desayuno en la cama, sin hablar de nada. Sólo gratificación física.

Hannah arrugó el ceño.

—Es una estratagema un poco rara, ¿no? Yo misma sugerí que le mostraras lo que tú podías darle y su prometida no, pero… no sé, Megan. Creo que podría salir mal.

¿Mal? Nunca se había sentido tan saciada sexualmente en toda su vida y más vacía a la vez.

—Conozco los riesgos, pero es lo único que se me ha ocurrido. Funcionará, Hannah. Y si no, como tú misma dijiste, ¿qué puedo perder?

—No sé.

—Bueno, vamos a probar la pasta. Estoy deseando darme una ducha caliente.

Hannah se detuvo cuando iba a llevarse el tenedor a la boca.

—Cuando terminemos tengo que pedirte un favor. Si puedes, claro.

—¿Qué favor?

—He traído el vestido de novia de mi madre. Pensaba probármelo, a ver qué te parecía.

El corazón de Megan se encogió un poco más. Se alegraba mucho por Hannah pero le dolía saber que, a menos que las cosas cambiasen, ella nunca se probaría un vestido de novia.

Pero se negaba a ser una aguafiestas, de modo que apretó la mano de su prima.

—Seguro que te quedará bien.

—Ella siempre decía: «Tu día llegará». Y ahora, por fin, ha llegado.

Después de cenar, sin hablar de Xavier afortunadamente, fueron al salón y Hannah sacó el vestido de la bolsa.

Megan se quedó sin aliento.

–Qué bonito. Hay algo especial en los vestidos antiguos, ¿verdad?

–Estoy de acuerdo –murmuró su prima, con lágrimas en los ojos–. No querría ponerme otro.

Aunque Xavier recuperase el sentido común, no habría antiguo vestido de novia para Megan. Su madre no había tenido uno porque sus abuelos paternos no aprobaban que su hijo se casara con una joven camarera, de modo que se habían escapado para casarse. Y la familia de su padre, especialmente el tío Luthor, nunca los había perdonado.

La madre de Hannah había sido el único miembro de la familia que no la había hecho sentir como si fuera una pariente pobre. De hecho, había insistido en que tomara clases de equitación con Hannah y había pasado horas entrenándolas a las dos. Decía que era lo mínimo que podía hacer porque su padre le había presentado a Luthor.

Hannah le apretó la mano a Megan.

–Meg, quiero que seas mi dama de honor.

–¿Estás segura? Para entonces estaré... –Megan señaló su abdomen.

–Claro que estoy segura. No hay nadie más importante para mí. Además, no hay ninguna regla que diga que las damas de honor no pueden estar embarazadas. Y si hubiese tal regla nos la saltaríamos.

—Entonces será un honor.

—Eso significa ayudarme a enviar las invitaciones y todo lo demás. Nada de diversión y locas despedidas de soltera.

—No te preocupes, no me importa —dijo Megan, con lágrimas en los ojos. Porras con las hormonas del embarazo—. Bueno, deja de hablar y pruébate el vestido de una vez.

Hannah lo hizo y ella le pidió que se diera la vuelta.

—Tengo que abrochar los botones de la espalda...

Su prima pasó una mano por la falda, dándose una vueltecita.

—¿Qué tal estoy?

—Pareces una princesa.

—El vestido es perfecto. Ni siquiera tienes que hacerle arreglos.

—Wyatt y yo queremos una ceremonia íntima, sólo con mi padre, Nellie, el padrastro de Wyatt y tú. Luego organizaremos un gran banquete en la granja para los empleados y algunos amigos, de modo que el atuendo será informal. Y si lloviera siempre podríamos entrar en la casa.

—Suena estupendo.

—Y en cuanto a tu vestido de dama de honor... ¿qué color te gustaría?

Un golpecito en la puerta interrumpió la conversación, un golpe firme que dejaba bien claro quién estaba al otro lado.

—Menos mal que has cerrado la puerta.

—¿Xavier?

Megan asintió con la cabeza.

—Cariño, Xavier sabe que estamos aquí. Vas a tener que verlo, pero yo cuidaré de ti. Y nos libraremos de él enseguida... tenemos una boda que organizar.

A Megan se le cayó el corazón a los pies. No estaba preparada para ver a Xavier de nuevo, especialmente cuando su futura esposa estaría en París eligiendo un fabuloso vestido de novia.

El fin de semana había sido menos que satisfactorio, pensaba Xavier mientras esperaba en el porche. Él había esperado que el campeonato de Lexington hiciese ver a Megan que no podía tener el niño y seguir compitiendo pero en lugar de llorar por no estar en el circuito, Megan había estado hablando con promotores, patrocinadores y propietarios de caballos. No había mencionado su embarazo a nadie y, sin embargo, había estado preguntando por una niñera.

Aparentemente, no estaba dispuesta a entregarle a su hijo.

Debería admirarla por ello pero eso significaba que tendría que emplear una táctica diferente, una que complicaría su vida.

Xavier volvió a llamar a la puerta y cuando Megan no respondió inmediatamente empujó el picaporte. Pero había cerrado con llave...

Enseguida oyó pasos en el interior y la puerta se abrió.

—Estoy ocupada, Xavier —dijo Megan, con gesto serio—. ¿Qué quieres?

—Te fuiste cuando estaba hablando por teléfono.

—No había ninguna razón para quedarme y quería volver a casa para darme una ducha.

—Podríamos habernos duchado juntos. Tú sabes cuánto me gusta que…

—Ejem.

Hannah, su prima, acababa de aparecer.

—Hola.

Tampoco ella parecía muy hospitalaria.

—Buenas noches, Hannah —Xavier miró a Megan, sorprendido.

—Estoy ocupada.

—Te invito a cenar…

—Ya he cenado.

—Tengo que hablar contigo esta misma noche. Esperaré.

Xavier fue al salón y se sentó en el sofá.

—Xavier…

—No pasa nada, Megan —la interrumpió su prima—. Xavier también tiene que planear una boda y le vendrá bien enterarse de todo lo que hay que hacer. Los hombres no tienen ni idea de lo difícil que es planear la ceremonia, el banquete, las flores.

—Si insistes en quedarte, vas a tener que esperar un buen rato —le advirtió Megan.

Xavier se encogió de hombros.

—No tengo ningún otro sitio al que ir —le dijo, volviéndose luego hacia la futura novia—. Si todo eso es tan importante ¿por qué tu prometido no está aquí?

–Wyatt ha tenido que salir de viaje y no debe verme con el vestido de novia, da mala suerte –respondió Hannah–. Además, él dice que lo único importante es que las dos personas se quieran de verdad.

La prima había levantado el hacha de guerra y parecía a punto de clavarla en su espalda.

–Me parece muy inteligente que Wyatt deje a las mujeres organizándolo todo.

–Mientras tú vas a competiciones ecuestres por todo Estados Unidos, tu prometida seguramente estará encargando un vestido de novia, reservando la iglesia y el salón de banquetes, contratando músicos, caterings, floristas. Lo mínimo que podías hacer es volver a tu casa y echarle una mano.

–Ella se pondrá en contacto conmigo si necesita mi ayuda.

Hannah lo fulminó con la mirada.

–Ayúdame a quitarme el vestido, Meg, luego seguiremos con lo nuestro –anunció, dándole la espalda.

Megan siguió a su prima y cerró la puerta de la habitación.

Nervioso, Xavier se levantó para mirar alrededor. Sobre la repisa de la chimenea había fotografías enmarcadas de una mujer que se parecía muchísimo a Hannah…

El comentario sobre los planes de boda de Cecille lo había hecho sentir claustrofobia. Tanta pompa y circunstancia era sólo para mujeres. A él no le importaba dónde tuviera lugar la ceremonia que lo uniría a Cecille o qué iban a servir durante el banquete, todo eso era irrelevante.

La puerta del dormitorio se abrió y las mujeres volvieron, Hannah con el vestido de novia en la mano, Megan aparentemente resignada; una expresión que no había visto hasta ese momento.

Normalmente era una mujer llena de energía, siempre haciendo planes, siempre con algún objetivo.

Y una vez lo había descado a él con esa misma ferocidad.

La idea de que se hubiese podido apagar su cariño lo molestaba… algo ridículo considerando que él no se lo había pedido y no quería ninguna atadura emocional.

Ni con ella ni con nadie. Algo que había dejado bien claro desde el principio de su relación.

Hannah guardó el vestido de novia en una bolsa y Megan la ayudó, acariciando la tela con una expresión soñadora que para Xavier fue como una bofetada.

¿Se casaría algún día? Y de ser así, ¿qué clase de hombre elegiría?

La idea de que se acostara con otro hombre lo sacaba de quicio pero no podía pedirle que dejase de vivir una vez que sus caminos se hubieran separado.

—Ya sabes que me encantan los álbumes de fotos —estaba diciendo Hannah—. Tengo fotografías de vestidos para damas de honor, invitaciones, una variedad de menús…

Megan miró a Xavier, incómoda, antes de volverse hacia su prima.

—¿No podemos hacer esto mañana?

Hannah hizo un simpático puchero antes de fulminar a Xavier con la mirada.

—Volveré cuando no tengas un molesto invitado —le dijo.

Megan la acompañó a la puerta y luego volvió al salón con expresión cansada.

—¿Se puede saber qué quieres? —le preguntó, en jarras.

—No lo has pasado bien este fin de semana.

—No, la verdad es que no. Era demasiado pronto para que Tim compitiera contra jinetes y caballos más expertos. Ha sido una mala experiencia para él y una que no querrá repetir enseguida, pero yo he aprendido mucho.

—Has aprendido que no te gusta sentarte en las gradas.

—Entre otras cosas —Megan se cruzó de brazos.

Evidentemente, no iba a rendirse.

—He encontrado la manera de que tengas todo lo que quieres —dijo él entonces—. Tu carrera y a tu hijo.

—¿Tú has encontrado la manera? Perdona, pero yo no te he pedido nada. Tendré mi carrera y a mi hijo sin tu ayuda.

Xavier sacudió la cabeza.

—Contrataré a una niñera que cuidará del bebé durante todo el año. Nuestro hijo residirá contigo en Estados Unidos cuando no estés compitiendo y conmigo en Francia durante el resto del año.

Después de decirlo la observó atentamente, esperando que agradeciera su generosa concesión pero la expresión de Megan no podía de ningún modo ser tomada por gratitud.

Capítulo Siete

—¿Estás sugiriendo que tengamos la custodia compartida? —le preguntó Megan.

—*Oui*. De ese modo, los dos podremos pasar tiempo con nuestro hijo.

La custodia compartida no era lo que ella quería. Y había oído tantas historias terroríficas sobre niños que se iban a otro país con uno de los progenitores y no volvían jamás. No, no podía arriesgarse a dejar que Xavier se llevara al niño fuera de Estados Unidos.

—Pero eso no es justo. Tú lo tendrías la mayoría del tiempo y yo apenas unos meses.

—El Grand Prix dura muchos meses, es cierto.

Megan negó con la cabeza.

—Sería mejor para el niño no tener que dividirse entre dos continentes, dos padres, dos idiomas diferentes.

—¿No es mejor para el niño que su padre y su madre le quieran?

—¿Tú le querrías, Xavier? ¿Estarías pendiente de él, le llevarías al colegio, harías los deberes con él o le dejarías todo eso a una niñera? —exclamó Megan—. ¿Cómo vas a hacerlo si trabajas catorce horas al día?

—También tú piensas contratar a una niñera —le recordó Xavier—. Y como tú sabes, hay poco tiempo para cuidar de un niño cuando se está tomando parte en una competición.

—Ah, ya lo entiendo. Tienes un plan.

—*Pardon?*

—Te conozco demasiado bien como para creer esa expresión inocente. Esperabas que viera todo lo que iba a perderme si me quedaba con el niño: la competición, las fiestas con los ricos y famosos, los vestidos de diseño, los hoteles de cinco estrellas... ¿pero sabes una cosa? Tu plan no ha funcionado. He conocido a otras amazonas que están dispuestas a compartir una niñera conmigo. Mi hijo irá conmigo a todas las competiciones y no tendremos que pasar ni un solo día sin vernos. Tú no puedes decir lo mismo.

—Olvidas que mi futura esposa también tomará parte en la educación del niño.

—No, no lo olvido. Eres tú quien lo olvida —replicó Megan—. ¿Le has contado a Cecille que tienes una pequeña sorpresa para ella? ¿Qué le parece tener una familia sin haberse casado siquiera?

Xavier apretó los labios.

—Se acostumbrará a la idea.

—Esto ya no es sobre lo que tú quieres. Es sobre un niño o una niña que necesita amor incondicional. Y eso es algo que no sé si tú eres capaz de dar. Además, estás suponiendo que Cecille querrá hacerse cargo de un hijo que no es suyo, un bastardo, pero no lo sabes con certeza.

Le repugnaba el término ¿pero cómo si no iba a hacerle entender que no todo el mundo iba a ver las circunstancias del nacimiento del niño de manera natural?

Xavier se levantó de repente para tomarla entre sus brazos y buscar sus labios en un beso que no contenía ternura alguna.

—No vuelvas a referirte a mi hijo como un bastardo.

—Nuestro hijo.

—Nuestro hijo, sí —Xavier levantó una mano para acariciar sus labios en una especie de disculpa por el duro beso—. Los dos estamos cansados, *mon amante*. Vamos a la cama.

El brillo de sus ojos le decía que dormir no era lo que tenía en mente y sentía la tentación de decir que sí. Pero sabía que después se odiaría a sí misma.

¿Entendía Xavier cuánto le dolía su comportamiento? Probablemente no, se dijo.

—No —respondió por fin, dando un paso atrás—. Quiero estar sola. Necesito un respiro… de ti.

—¿De mí?

—Eso es.

—Anoche disfrutaste de nuestro pequeño juego… muchas veces, debo añadir.

Megan apretó los dientes.

—No estamos hablando de eso.

—¿Por qué lloraste anoche? —le preguntó Xavier entonces.

—No lloré —dijo ella, apartando la mirada.

—La sábana estaba húmeda.

–De sudor. Por eso quiere que te vayas, estoy cansada.

Xavier frunció el ceño.

–Estás jugando a un juego muy peligroso.

–Estoy harta de jugar –dijo Megan–. Este fin de semana he intentado fingir que no había nada entre nosotros más que sexo porque eso es lo que tú quieres creer. Pensé que podía demostrarte que estabas equivocado, pero no te he demostrado nada. Sin embargo, yo he aprendido una dura lección: estar contigo duele demasiado. No puedo volver a hacerlo, Xavier –Megan tragó saliva–. A partir de este momento no volveré a acudir a ninguna competición contigo.

–Megan, escúchame…

–Lo que hay entre nosotros es mucho más que sexo y si tú no puedes verlo, lo siento pero se terminó. Y aunque agradezco tu deseo de llegar a un compromiso por el niño, no puedo vivir con eso tampoco. Así que, por favor, márchate.

Xavier estaba encolerizado mientras bajaba del avión y subía a la limusina que lo esperaba en la pista del aeropuerto de Monte Carlo. No entendía el comportamiento de Megan. Como le había dicho repetidas veces, su compromiso no tenía por qué cambiar nada en su relación. La que había cambiado era ella.

Quería que las cosas volvieran a ser como antes, cuando lo recibía con los brazos abiertos a cualquier hora del día o de la noche.

Echaba de menos sus sonrisas y sus conversaciones, cuando no se detenía para pensar cada palabra. Echaba de menos estar relajado en su presencia y quería volver a los días en los que le compraba regalos sin que eso levantara sospechas.

Megan era una de esas mujeres que no pedía nada y no daba nada por sentado; la clase de mujer a la que él disfrutaba mimando. Aunque hubiese tenido razón al cuestionar sus motivos en Lexington porque esta vez sí lo había hecho con una intención determinada.

Y también tenía razón sobre otra cosa: lo que había entre ellos era mucho más que sexo. Pero, por supuesto, no era amor.

El amor era una necesidad desesperada de estar con la otra persona hasta el punto de olvidar el trabajo, los amigos, las obligaciones. El amor era ciego a las faltas del otro y el hecho de que él pudiera enumerar las de Megan dejaba bien claro que no estaba enamorado: su testarudez, por ejemplo, su naturaleza competitiva, su predilección por la comida basura, su tendencia a analizarlo todo al detalle y olvidarse de la hora que era cuando estaba con sus caballos.

Definitivamente, no estaba enamorado. Ella misma lo había acusado de ser incapaz de amar. Era cierto, se negaba a ser débil y sumiso. Haría lo que tuviera que hacer por su hijo pero los niños no necesitaban un amor indulgente; necesitaban disciplina, comida en la mesa y seguridad. El amor podía ser arrebatado demasiado fácilmente.

Megan decía amarlo, ¿pero cómo podía amarlo cuando ni siquiera su madre lo había hecho?

Lo único que podía hacer para reconciliarse con ella era mentir: decir que la quería. Mentir era algo que nunca había hecho con Megan o con cualquier otra persona. El honor y la honestidad lo eran todo para él.

No, no le mentiría para volver a tenerla en su cama, decidió. Tarde o temprano, ella recuperaría el sentido común y se daría cuenta de que podían seguir compartiendo buenos ratos hasta que se casara con Cecille. Y saber que eran días robados intensificaría el placer.

Sin embargo, la noche anterior había dicho algo que lo había hecho llamar a Cecille. Por eso estaba en Mónaco.

No le había dicho nada a su prometida sobre su inminente paternidad y, como futura esposa, merecía saber la noticia de sus propios labios y no a través de otra persona.

Cecille, que no se había mostrado particularmente contenta cuando le pidió que se reuniera con él, había insistido en que se vieran en un café muy chic de Monte Carlo. En la terraza, bajo una sombrilla para proteger su piel del sol, por supuesto, donde podía ver y ser vista por las personas adecuadas.

Xavier no tenía ningún problema con eso; al fin y al cabo, la imagen y los contactos eran fundamentales.

Pero Cecille actuaba como la mimada hija única de un multimillonario. Debussey había admitido haber malcriado a su hija, fruto de un tercer matrimonio cuando él ya era muy mayor… aunque había rumores de que podría no ser su hija biológica, un hecho que él negaba vehementemente.

Daba igual quién fuera su padre, Cecille era la heredera de Debussey y la clave para recuperar la finca de los Alexandre y fusionar las dos empresas.

Sería una buena esposa, pensó Xavier. No sólo era una chica guapísima sino que hablaba cuatro idiomas, tenía un título universitario, había viajado mucho y era una excelente anfitriona, los ingredientes clave para la esposa de un hombre de negocios.

Pero entonces, otra semilla de duda que Megan había plantado en su mente floreció. Él sabía lo que conseguía con ese matrimonio, ¿pero qué esperaba Cecille casándose con un hombre que tenía diez años más que ella? Un hombre al que no le gustaba ir de fiesta, que detestaba el tenis, uno que no la quería.

La vio antes de que la limusina se detuviera frente al café. Bajo una sombrilla, su pelo rubio artísticamente colocado sobre un hombro desnudo, las piernas cruzadas llamando la atención de todos los hombres.

Cecille sonrió al verlo, una sonrisa que parecía ensayada. Sí, era un poco frívola, pensó. Tanto que un transeúnte tropezó en la acera por volverse para mirarla.

Ejercía ese efecto en la mayoría de los hombres y, sin embargo, Xavier nunca había sentido ninguna atracción. Entre Cecille y él no existía la explosiva química que había entre Megan y él.

Pero la química no hacía un matrimonio y una pasión como aquella se extinguía con el tiempo; algo que su madre había demostrado con toda claridad.

El chófer abrió la puerta de la limusina y Xavier miró su reloj.

—Estaré listo para volver al aeropuerto en media hora.

—*Oui, monsieur* Alexandre.

Xavier besó a Cecille en la mejilla intentando sonreír.

—*Bonjour*, Cecille.

—*Bonjour*, Xavier. ¿Qué es tan urgente que he tenido que posponer mi cita con el repostero?

—¿Tenías una cita con un repostero?

—He encargado unos pastelitos de chocolate especiales para la boda.

Ah, uno de esos detalles de los que había hablado la prima de Megan. Pero Xavier no quería perder el tiempo hablando de algo que se olvidaría una vez consumido.

El camarero llegó con la carta pero Cecille le hizo un gesto para que se la llevara.

—¿No quieres comer nada?

—No, no, tengo que perder peso antes de la boda.

Megan ya habría elegido cuatro o cinco platos, pensó Xavier.

—¿Lo estás pasando bien con la organización de la boda?

Los ojos de Cecille se iluminaron.

—¿Cómo no voy a pasarlo bien mientras organizo un evento en el que yo seré la estrella?

Él no lo pasaría bien pero entendía que Cecille pensara de otra manera. Gesticulaba mientras hablaba de sus planes, el anillo de diamantes que le había regalado brillando bajo el sol. Xavier estudió sus manos perfectas, con las uñas largas y pintadas de rojo…

Tan diferente a Megan.

Las uñas de Megan eran cortas y nunca las llevaba pintadas. Además, tenía multitud de pequeñas cicatrices debido a su trabajo con los caballos. Las manos de Megan eran fuertes para controlar la montura y, sin embargo, lo bastante suaves y seductoras como para volver loco a un hombre. Megan trabajaba sin descanso mientras Cecille seguramente no había levantado un dedo en toda su vida.

No podían ser más diferentes.

Cecille era elegante, femenina, aburrida. Megan era una atleta que prefería escuchar a hablar y que entendía a la gente como si fuera una psicóloga. Las dos mujeres estaban seguras de sí mismas pero la seguridad de Megan provenía del convencimiento de que podría con cualquier cosa que la vida le pusiera por delante. Estaba acostumbrada a cuidar de sí misma y le costaba aceptar ayuda porque no quería estar en deuda con nadie, un sentimiento que él entendía bien.

–Xavier –la voz de Cecille interrumpió sus pensamientos–. Te he preguntado si estás de acuerdo.

Él parpadeó, desconcertado.

–¿Perdona? ¿De acuerdo con qué?

–He elegido dos cisnes con los cuellos entrelazados para poner sobre la tarta y una escultura de hielo con el mismo motivo en la entrada. ¿No te parece precioso?

¿Cisnes con los cuellos entrelazados?

—Estoy seguro de que todo lo que tú elijas será perfecto.

Megan le habría echado la bronca por no contestar directamente a la pregunta. Pero no estaba con Megan, estaba con su prometida, la mujer con la que iba a casarse en menos de un año.

—¿Por qué has aceptado este matrimonio, Cecille? —le preguntó entonces.

Ella lo miró, sorprendida.

—¿No te lo ha contado mi padre? Me prometió que sería el rostro de su nuevo perfume si me casaba contigo.

No, Debussey no le había contado nada de eso. Pero daba igual, Cecille sería un anuncio estupendo: joven, guapa y lo bastante rica como para comprar un producto tan caro.

—¿Quieres ser modelo?

—Es lo que he querido siempre. Sólo fui a la universidad porque mi padre amenazó con desheredarme si no lo hacía.

¿Cómo no sabía eso sobre la mujer con la que iba a casarse? Se habían conocido cinco años antes, pero apenas se habían visto. Normalmente, coincidían en cenas benéficas o eventos pero siempre rodeados de gente.

—Hay otras formas de conseguir tu objetivo. No tienes que casarte conmigo para eso.

Cecille apartó la mirada.

—He intentado conseguir trabajo como modelo por mi cuenta. Tengo un *book* de fotografías y todo pero no he tenido suerte.

Con su aspecto y la influencia de su padre, tenía que haber una razón para que no lo hubiera conseguido. Tal vez no tenía el aguante y la determinación que debía tener una modelo. Él había salido con varias y sabía que eran chicas decididas a conseguir su objetivo. Como Megan.

—¿Por eso necesitabas hablar conmigo urgentemente? ¿Para preguntarme por qué iba a casarme contigo?

No, no, es que tenía que contarte algo —Xavier tragó saliva—. He descubierto hace poco que... mi amante está embarazada. He preferido informarte yo mismo antes de que te lo contase otra persona.

La sonrisa de Cecille desapareció.

—¿Y va a tener el niño?

—Sí.

—¿Estás seguro de que es tuyo?

—Sí, lo estoy. Y como mi decisión de compartir la custodia del niño te afecta, tenías que saberlo.

Ella pestañeó varias veces, con una pestañas tan largas que tenían que ser falsas.

—¿Tú quieres ese hijo?

—Sí.

—Xavier, yo no... no me gustan mucho los niños. Soy demasiado joven. Tienes que prometerme que contratarás a alguien para que cuide de él... una niñera, hasta que podamos enviarlo a un internado.

—Contrataremos a una niñera, pero me gustaría criar a mi hijo o hija en Francia y enseñarle el negocio desde pequeño.

Cecille empezó a jugar con el tenedor.

—Me alegro de que haya salido este tema, Xavier, porque hay algo que deberías saber. No creo que quiera tener hijos.

—¿Nunca?

—La verdad es que no quiero tenerlos —le confesó Cecille—. Creo que no soy muy… maternal. Tampoco me gusta cocinar y la idea de cambiar pañales y soportar los gritos de un niño no me apetece nada. Tal vez cuando sea mayor, cuando tenga unos treinta y cinco años me lo pensaré, si tú insistes. Pero los hombres no pierden la figura cuando tienen un hijo, las mujeres sí. Y tú no tendrías que preocuparte de cuidar de él a todas horas, así que prefiero no tenerlos. A menos que podamos adoptarlos como las estrellas de cine y tener varias niñeras en casa.

—Yo tengo treinta y cinco años, Cecille. ¿Te parezco viejo?

La vacilación de su prometida no le sentó muy bien.

—No, no. Aún estás en forma y todo eso, pero no te gusta salir y pasarlo bien. En fin, eso puedo hacerlo sin ti.

—Mi mujer no saldrá a discotecas sin mí como si fuera soltera.

—No voy a quedarme en casa todas las noches. Qué aburrimiento.

No, Cecille no era maternal como Megan, que

estaba luchando con uñas y dientes por conservar a su hijo. Y eso significaba que el hijo de Megan sería su único heredero.

Debía conseguir la custodia, el fracaso no era una opción.

Y tenía que aclarar muchas cosas con Cecille antes de la boda.

Megan despertó de golpe y se sentó en la cama, intentado averiguar qué la había despertado.

No había sonido alguno en la silenciosa casa y había recordado cerrar con llave. Megan miró el despertador… las cuatro de la mañana.

Entonces sintió algo raro en el abdomen. ¿Qué…? El niño.

Nerviosa, se llevó una mano al estómago y contuvo el aliento… y entonces lo sintió de nuevo, como las alas de una mariposa dentro de ella, haciendo que casi saltara de la cama, emocionada.

Cuando el movimiento cesó, alargó una mano para tomar el móvil de la mesilla. ¿A quién podía llamar? Hannah estaría durmiendo y tenía que contárselo a alguien. Pero aún no había hecho público su embarazo, de modo que sólo quedaba Xavier.

Aquello era demasiado grande como para no compartirlo, de modo que marcó su número.

–*Allô*? –escuchó su voz. Le sorprendió que respondiera con el genérico *allô* en lugar de usar su nombre que debía haber visto en la pantalla.

–Xavier, el niño… no vas a creer lo que ha pasado –empezó a decir, emocionada. No sabía cómo describir la sensación.

–¿El bebé? Megan, ¿qué ha pasado?

–¿Megan? –escuchó una voz femenina entonces–. ¿Es tu amante?

La euforia de Megan se evaporó.

–¿Estás con tu prometida?

Al otro lado hubo un silencio.

–*Oui*.

Escuchar la voz de su prometida la había devuelto a la realidad. Hasta aquel momento, al menos una parte de ella había creído que tenía una oportunidad de ganar la batalla.

–Da igual, no pasa nada. Perdona que te haya molestado –Megan cortó la comunicación y volvió a meterse en la cama, con una almohada sobre el estómago.

Capítulo Ocho

Xavier llamó a la puerta de Megan, angustiado porque no contestaba a sus llamadas después de cortar la comunicación. Pero las luces apagadas no eran buena señal.

Por fin, Megan abrió la puerta en pijama y él la miró de arriba abajo.

—¿Estás bien?

—Sí, estoy bien. ¿Por qué no iba a estarlo?

—No contestabas al teléfono. He estado llamándote durante horas…

—Ya te dije que no era importante —lo interrumpió ella.

—Parecías disgustada.

—No estaba disgustada, estaba emocionada.

—¿Por qué?

—No me apetece hablar de ello ahora. Es muy tarde, ¿podemos hablar mañana?

—He dejado a mi prometida en Mónaco y he cancelado una serie de reuniones urgentes para venir a ver si el bebe y tú estabais bien.

En cuanto pronunció esas palabras, la realidad de lo que había hecho cayó sobre él como una losa. Había dejado su trabajo y a su futura mujer por Megan.

—Nadie te ha pedido que vinieras corriendo.

—No pienso irme hasta que me digas por qué llamaste y luego colgaste bruscamente.

Megan lo fulminó con la mirada.

—Ya te he dicho que no importa.

—Pareces cansada.

—Porque llevo despierta desde las cuatro de la mañana.

—¿Me llamaste a las cuatro de la mañana?

—No sabía a quién llamar pero no te preocupes, no volveré a cometer el error de molestarte cuando estés con tu prometida —Megan intentó cerrar la puerta pero él se lo impidió.

—Espera un momento…

Ella suspiró.

—Muy bien, entra. Pero no te pongas demasiado cómodo, no vas a quedarte.

En el pasado, Megan lo hubiera recibido echándole los brazos al cuello y besándolo hasta que los dos estuvieran sin aliento. Pero esa noche parecía estar deseando que se fuera, una circunstancia que empezaba a irritarlo de verdad.

—¿Por qué me llamaste?

Ella se encogió de hombros.

—Porque había sentido al niño por primera vez.

El corazón de Xavier se detuvo durante una décima de segundo y, sin pensar, alargó una mano para ponerla sobre su abdomen.

—Ahora no vas a sentir nada.

—¿Qué sentiste?

—Era como un revoloteo, como un pececillo moviendo el agua con la cola. Los libros dicen que en general se mueven por la noche, cuando la madre está tumbada. Por eso estaba tumbada en el sofá cuando has llegado, esperando que volviera a moverse.

Su emoción, aunque intentaba disimularla, despertó en Xavier un inexplicable anhelo de compartir esa experiencia, de sentir a su hijo. Su hijo. Jamás había pensado en ello pero ahora estaba deseando sentirlo.

—Me da igual lo que digan los libros, quiero intentarlo.

—Xavier...

—Dame diez minutos y luego te dejaré en paz. Por favor, Megan.

Ella suspiró antes de asentir con la cabeza.

—Muy bien, de acuerdo. Pero sólo diez minutos.

Xavier la siguió al dormitorio intentando controlarse. No estaba allí para acostarse con ella. Tampoco lo rechazaría si se lo ofreciese, pero llevaba casi cuarenta horas sin dormir y disfrutarían más de la intimidad cuando estuvieran descansados.

Megan se tumbó sobre el edredón y él se quitó los zapatos para tumbarse a su lado. Sin decir nada, alargó una mano para ponerla sobre su estómago pero Megan tiró de ella hacia abajo, hacia donde solía estar el elástico de las braguitas, que aquella noche estaba extrañamente ausente. Saber que estaba desnuda bajo el pijama hizo que su temperatura se pusiera por las nubes.

—¿Se está moviendo?

–No, aún no. Fue tan asombroso. Era demasiado temprano para llamar a Hannah pero tenía que decírselo a alguien y no sabía a quién llamar, así que te llamé a ti. Lo siento.

–Me alegro de que me llamaras.

Megan giró la cabeza.

–¿Aunque estuvieras con tu futura esposa?

–*Oui*. Fui a Mónaco para contarle a Cecille que iba a tener un hijo.

–¿Y qué ha dicho ella?

–Que no está interesada en tener hijos. Tu bebé, nuestro bebé, sera mi único heredero.

Megan frunció el ceño.

–El mío también. No se pueden tener hijos cuando estás yendo de campeonato en campeonato y para cuando deje de competir seré demasiado mayor.

No debería sentirse aliviado. Pero así era, aunque eso significara negarle a Megan la oportunidad de volver a ser madre.

–Dime cuándo se mueve.

–Todos los libros dicen que es demasiado pronto para sentir nada…

–Si sientes algo, dímelo.

Se quedaron en silencio, el uno al lado del otro, sin tocarse salvo por la mano en su abdomen, y Xavier se dio cuenta de que echaba de menos estar así. Escuchaba el sonido de su respiración y supo cuándo se había quedado dormida.

Habían pasado los diez minutos pero si se movía despertaría a Megan y estaba claro que necesitaba descansar. Se iría cuando estuviera profundamente dormida.

Por el momento, estaba donde quería estar. Y durante los meses siguientes estaría cerca de Megan hasta el último momento... cuando tuviera que volver a Francia para casarse.

Con su hijo o su hija.

Megan estaba leyendo un libro sobre el embarazo mientras el sol se levantaba en el horizonte, intentando no pensar en el hombre que estaba en la cama o en la montaña rusa de emociones que experimentaba cada vez que estaban juntos.

La preocupación que vio en su rostro cuando abrió la puerta había roto el muro que había levantado alrededor de su corazón. Y su confesión de que había dejado a su prometida para correr a su lado la había llenado de esperanza.

Un ruido hizo que levantara la cabeza. Xavier había entrado en el salón, descalzo, sin afeitar y con la ropa arrugada. Nunca lo había visto así y, desafortunadamente, estaba más guapo que nunca.

—Buenos días —la saludó—. Creo que me he quedado dormido.

—Te has perdido ver cómo me levantaba al baño a las dos de la mañana y luego otra vez a las cinco.

—Podrías haberme despertado.

—¿Para qué? Necesitabas descansar.

—Te dije que me iría en diez minutos...

—No importa, he decidido que quiero que seas

parte de la vida de nuestro hijo –lo interrumpió Megan–. Me iré a Francia cuando nazca el niño pero no viviré en la casita en la que vivíamos antes, donde tenga que verte con tu mujer todos los días.

–No tendrás que mudarte, nosotros viviremos en otro sitio.

–¿Dónde?

–En la finca de mi familia.

–¿Tienes otra finca?

–Es una que mi padre vendió cuando tuvo dificultades económicas.

–¿Y tú las has vuelto a comprar?

Xavier apartó la mirada.

–Algo así.

No le había dicho que viviría en otro sitio y, no sabía por qué, eso le dolió. Claro que tampoco le había dicho que iba a casarse con otra mujer.

–Da igual dónde vivas tú, yo no voy a vivir en la casa que decoramos juntos. Encontraré otro sitio, otro establo y otro patrocinador. Pero volveré a Francia con una condición.

–¿Y qué condición es esa?

–Quiero la custodia del niño. Tú puedes visitarlo cuando quieras, pero las visitas tendrán lugar en mi casa. No permitiré que nuestro hijo vaya a tu finca.

La expresión de Xavier se oscureció.

–Eso no es razonable.

–Tu prometida no quiere tener hijos, tú mismo me lo has dicho, de modo que no querrá saber nada del hijo de tu amante.

–Contrataré una niñera.

—Contrataremos a una niñera —lo corrigió Megan— y yo tendré el voto final sobre las candidatas. Pero una niñera no es una madre. Yo estuve años intentando conseguir la aprobación de mi tío y cuando eso no funcionó luché por conseguir su respeto. Pero daba igual lo que hiciera, nunca era suficiente. Mi tío no me quería aquí y me lo hacía saber a menudo. La situación se volvió intolerable y me marché a Europa en cuanto cumplí los dieciocho años —Megan suspiró—. Me niego a permitir que mi hijo tenga que pasar por algo así, que crezca en un sitio en el que le hagan sentir que no es digno de amor.

Hizo una mueca al darse cuenta de que había revelado más de lo que quería.

—Tú mereces amor, Megan.

—¿Estás diciendo que me quieres?

Xavier apartó la mirada.

Si pudiese amar a alguien, te amaría a ti.

—Entonces, admites que no serás capaz de querer a nuestro hijo.

Él apretó los labios.

—Al niño no le faltará nada.

—Te refieres a cosas materiales.

—Lo que tú propones es inaceptable.

—Es el único compromiso al que estoy dispuesta a llegar.

—Cualquier juez nos daría la custodia compartida.

—Cualquier juez francés tal vez. Pero este niño será ciudadano estadounidense. Ningún juez estadounidense te dará la custodia cuando sepa que tu matrimonio es un asunto concertado y que vas a llevarte a mi hijo del país.

—Mi hijo también será ciudadano francés.

—No pienso darte la custodia, Xavier.

Él se pasó una mano por el pelo, angustiado.

—Tengo que casarme con Cecille.

—¿Por qué? ¿También ella está embarazada?

—Ya te he dicho que no quiere tener hijos. Además, no me he acostado con nadie desde que te conocí.

—¿Entonces por qué? No veo que nadie te esté apuntando con una pistola. ¿Por qué tienes que casarte con ella?

Xavier tragó saliva.

—Le juré a mi padre que enmendaría sus errores y lo he hecho… todos salvo uno, recuperar la finca de la familia Alexandre.

—¿Y eso qué tiene que ver con Cecille?

—Su padre es el propietario ahora.

—Pues comprásela.

—El señor Debussey se niega a vendérmela, la única manera de recuperar la propiedad es casándome con Cecille.

—Eso es absurdo.

—Posiblemente, pero es un hombre mayor con problemas de salud y quiere que su única hija y su negocio estén en buenas manos cuando él muera.

—¿Entonces también te harás cargo del imperio Debussey?

—Eso es —respondió Xavier—. Seré el propietario de Perfumes Alexandre y de Perfumes Debussey.

Su avaricia la dejaba atónita.

—Entonces, vas a casarte con una mujer de la que no estás enamorado, destrozando tu futuro, tu felicidad y a tu hijo por una finca y por una empresa. ¿Y Cecille? ¿Ella no merece encontrar al amor de su vida?

—Siempre hablas de amor —Xavier sacudió la cabeza—. El amor no dura, Megan, el honor y la seguridad sí.

Qué triste, pensó ella. Xavier no sólo no la amaba sino que no creía en el amor.

—¿Y es honorable casarse por dinero?

—No voy a humillar a Cecille cancelando la boda como hizo mi padre con su prometida.

—¿Tu padre canceló su compromiso?

—No, hizo algo peor.

—Da igual. Imagino que eso ocurrió hace más de treinta años y tú sigues intentando enmendar un error que...

—Mi padre ensució el nombre de mi familia y nos costó la finca...

—Por favor, esto empieza a sonar como una telenovela. ¿Se puede saber qué tiene que ver el pasado de tu padre con la catástrofe que tú estás a punto de provocar?

—Perfumes Alexandre tenía dificultades económicas antes de que yo naciera —empezó a explicar Xavier—. Mi padre llegó a un acuerdo con un inversor: se casaría con su hija a cambio de un préstamo para reflotar la compañía.

—Un momento. ¿Estás diciendo que tu padre también se casó por dinero?

–Debería haberlo hecho, pero dejó a su novia plantada ante el altar y se escapó con mi madre, la criada de la familia, a quien decía amar y a quien había dejado embarazada. Una semana después, su novia estrelló su coche contra un árbol. Muchos dijeron que no podía vivir con esa vergüenza.

–Pero tu padre eligió el amor por encima del dinero y eso es admirable.

–El amor de mis padres duró poco. Cuando la compañía no consiguió salir a flote, mi padre se vio obligado a vender la finca que había pertenecido a mi familia durante siglos. Mi madre dejó de quererlo cuando tuvieron que mudarse a un modesto apartamento y lo abandonó por su mejor amigo poco después.

Megan lo miraba boquiabierta. ¿Cómo era posible que nunca le hubiera contado aquello?

–¿Cuántos años tenías tú entonces?

–Dos, pero eso es irrelevante. Lo que importa es que debo restaurar el honor del apellido Alexandre.

–Eso suena medieval –replicó ella–. Tú no tienes que pagar por los pecados de tus padres, Xavier. Y tu padre no era responsable de la muerte de su prometida.

–Ella murió por su culpa.

–Murió porque tomó una mala decisión o tal vez fuera un accidente, quién sabe.

–No lo entiendes, Megan. Tú no sabes lo que es vivir bajo la sombra de un escándalo así.

–No, tal vez no. Pero reconozco que tu padre fue un hombre honorable. No quiso casarse con una mujer de la que no estaba enamorado y se casó con la mujer a la que había dejado embarazada. Tú, por otro lado, piensas colocarte frente a un altar para jurar amor eterno a una mujer a la que no amas porque no conoces el significado de esa palabra.

Xavier hizo una mueca.

—No será una ceremonia religiosa.

—Muy bien, entonces no será frente a un altar, pero seguirás mintiendo de todas formas. No hay honor en eso. No lo hagas, Xavier, por favor. Por tu hijo, por mí, no te cases con Cecille.

—No pienso renegar de mi promesa.

—¿Aunque yo te dijera que te quiero?

Su silencio le dio la respuesta.

Megan se levantó para abrir la puerta.

—Entonces ponte los zapatos y márchate. Y olvida la oferta de irme a Francia. Pensé que podrías ser una influencia positiva en la vida de nuestro hijo, pero me equivocaba. Dios mío, Xavier, no eres más que una prostituta… y yo no quiero que mi hijo aprenda esos valores —le dijo, sacudiendo la cabeza—. Voy a solicitar la custodia legal.

135

Capítulo Nueve

Con el corazón encogido, Megan miraba al abogado que Wyatt le había recomendado, esperando, rezando haber oído mal.

—¿Cómo un simple caso de custodia puede costar tanto dinero?

—Nunca es simple negar el acceso de un padre a su hijo y como ese hijo es el único heredero del señor Alexandre y su matrimonio, aunque no admirable, tampoco es ilegal, si ganamos, apelará. Repetidamente. Si él gana, usted tendrá que apelar. Las batallas por la custodia de un hijo suelen ser más feas que los divorcios. Un hijo saca lo mejor y lo peor de lo padres, de modo que no podrá hacer nada a menos que pague una cantidad de seis cifras… y me temo que podría ser más.

—¿Lo dice en serio?

—Absolutamente —respondió el señor Stein—. Y la situación podría alargarse durante años. El señor Alexandre contratará a los mejores abogados…

—Me habían dicho que usted era el mejor.

La sonrisa del señor Stein parecía la de un tiburón.

—Lo soy, por eso le recomiendo que acepte la oferta de compartir la custodia.

—¿Me está aconsejando que acepte la propuesta de Xavier?

—Si lo hace, habrá una pensión de manutención para usted y otra para el niño. El señor Alexandre ha aceptado pagar también el salario de la niñera, la educación del niño y todos los demás gastos. Quería usted lo mejor, señorita Sutherland, y eso es lo mejor. El señor Alexandre está siendo muy generoso.

—Pero entonces sólo vería a mi hijo unos meses al año —Megan negó con la cabeza—. No, lo mejor para mí es tener la custodia.

—No podrá ganar.

—Pensé que usted nunca perdía un caso.

—Nunca lo he perdido.

—Lo que me está diciendo es que llega a un acuerdo antes de perder.

La sonrisa de tiburón desapareció.

—Como he dicho, señorita Sutherland, siempre consigo lo mejor para mis clientes y a veces eso significa llegar a un acuerdo entre las partes… —el intercomunicador sonó en ese momento—. Dime, Elizabeth.

—El señor Alexandre y su equipo están aquí.

Él miró su reloj.

—A la hora acordada. Diles que pasen —Stein miró a Megan—. Necesito que me dé su permiso para llegar a un acuerdo.

Con el corazón acelerado, Megan sopesó sus opciones. Pero nada había cambiado y no podía permitir que su hijo creciera con Xavier y su novia comprada.

—Quiero la custodia de mi hijo.

—¿Puede permitírselo, señorita Sutherland? —le preguntó el abogado con tono condescendiente. Sus competidores, los que la conocían bien, nunca se atreverían a usar ese tono con ella.

Retar a Xavier podría costarle todo lo que tenía, pero haría lo que tuviese que hacer para evitar que su hijo sufriera un solo día de su vida.

—Puedo permitírmelo. Y no me subestime ni intente venderme otra vez, señor Stein, o buscaré otro abogado. ¿Está claro?

El hombre levantó las cejas, sorprendido.

—Sí, señorita Sutherland.

La puerta se abrió en ese momento. Xavier parecía el ganador de una maratón entrando en la meta con su acostumbrado paso seguro y su traje de diseño italiano.

El corazón de Megan dio un vuelco. A pesar de todo, lo había echado de menos durante aquellas dos semanas. Tristemente, seguía amándolo.

Los ojos verdes de Xavier se clavaron en ella con un brillo retador y Megan hizo lo posible por devolverle la mirada. Le pareció ver un brillo de pesar en ellos pero Xavier se dio la vuelta para sentarse, de modo que no podía estar segura.

Un equipo formado por tres abogados, igualmente formidables e igualmente vestidos de diseño, ocuparon el resto de los asientos.

Una vez que estuvieron todos sentados, el señor Stein miró de uno a otro.

—Gracias por venir, pero lamento informarles de

que la señorita Sutherland ha decidido declinar su oferta.

Todos se quedaron en silencio hasta que por fin Xavier dijo:

—Me gustaría hablar con Megan en privado.

—Señor Alexandre, no le aconsejo… —empezó a decir unos de sus abogados. Pero él le hizo un gesto con la mano.

—Señores, por favor.

En cuanto la puerta se cerró tras ellos, Xavier se levantó para acercarse al ventanal desde el que podía verse la calle, treinta pisos más abajo.

—No puedes permítelo, Megan.

Ella permaneció sentada, entre otras razones porque le temblaban las piernas.

—No puedo permitirme no litigar. Quiero lo mejor para mi hijo y lo conseguiré aunque tenga que venderlo todo, incluyendo mis caballos. Cada uno de ellos vale al menos un millón.

Xavier se volvió para mirarla, incrédulo.

—Pero esos caballos son tu vida.

—Tendré la oportunidad de montar los caballos de otros.

—Commander's Belle es la última potrilla nacida del semental de tu padre y la has criado desde que nació.

Lo había recordado y, por alguna absurda razón, eso hizo que sus ojos se llenaran de lágrimas. Malditas hormonas.

—Sí, Commander's Belle es descendiente directa del caballo de mi padre y yo le tengo gran afecto pero este hijo también es descendiente directo de mi padre y lucharé hasta mi último aliento para no perderlo.

—Aunque eso te deje en la ruina.

—No lo entiendes, ¿verdad, Xavier? El dinero no es lo más importante del mundo para mí. Tener una familia que me quiera sí lo es.

—El amor no dura.

—Espero que tengas razón porque yo quiero dejar de amarte.

Xavier dio un paso atrás, casi como si lo hubiera abofeteado.

—No te entiendo, Megan Sutherland.

Luego se dio la vuelta para salir del despacho y otra pieza del corazón de Megan se rompió. Pero no podía permitirse el lujo de ser débil porque acababa de empezar la batalla más importante de su vida.

Xavier estaba sentado frente a su escritorio, pasando las manos por sus cansados ojos y escuchando el silencio en la oficina mientras movía los hombros. Los empleados se habían ido a casa horas antes pero él se había quedado para intentar poner en orden unos informes.

Aunque llevaba un mes de vuelta en Francia, no era capaz de concentrarse en el trabajo. Tenía muchos informes que revisar sobre la fusión con la empresa Debussey y también debía repasar la lista de invitados a su boda.

Y no tenía ninguna razón para volver a casa.

Megan tenía razón. Lo que había entre ellos era más que sexo. No se había dado cuenta de cómo se había infiltrado en su vida hasta que desapareció de su lado. Pero cada vez que volvía a casa encontraba recuerdos de ella: una horquilla, un calcetín, fotografías, libros, la crema que olía a rosas que él solía extender por su cuerpo...

Nervioso, se levantó del sillón para pasear por el despacho. Había intentado volver a su vida normal pero le faltaba algo. Había invitado a Cecille a cenar en varias ocasiones e incluso había soportado un partido de tenis con ella. Pero le había dado igual ver que uno de los jugadores flirteaba descaradamente con ella. Si algún bufón hubiera tenido la osadía de flirtear con Megan le habría partido la cara.

Pero ésa iba a ser su vida. Cecille y él llevarían vidas separadas. Ella se iría a ver partidos de tenis, él trabajaría y por las noches volvería a una casa solitaria porque Cecille seguía siendo una cría y sólo estaba interesada en salir con sus amigas a pasarlo bien.

Pero pronto recuperaría la finca familiar y pronto también tendría a su hijo o hija.

Sí, Megan y él habían compartido mucho más que sexo, estaba claro.

Estaría embarazada de cinco meses ahora y ya se le notaría, pensó. Quería verla, quería poner la mano sobre su abdomen para sentir a su hijo... pero sólo porque era su heredero.

Sin embargo, no podía dejar de pensar en Megan. Día y noche. Pero sólo porque habían dejado algo a medias. Estaba seguro de que tarde o temprano recuperaría el sentido común y aceptaría su propuesta. ¿Qué más podía querer? Su oferta era más que generosa, tanto que sus abogados se habían quejado, intentando que cambiase los términos. Pero no lo había hecho.

Megan era una gran estratega, debía admitirlo. Sin duda estaba haciéndolo esperar para conseguir más de lo que le ofrecía y cuando se diera cuenta de que no iba a rendirse, aceptaría el acuerdo.

Inquieto, tomó una revista ecuestre para echarle un vistazo y, de inmediato, la fotografía de un caballo de color castaño llamó su atención.

Commander's Belle, en venta.

Se le encogió el corazón. Megan había puesto en venta a su animal favorito...

Nervioso, sacó el móvil del bolsillo y marcó su número.

–¿Sí?

Escuchar su voz lo dejó sin aliento. Pero había música de fondo... ¿dónde estaría?

–Vas a vender a Belle –le dijo, a modo de saludo.

–Ya te dije que lo haría.

–¿Y Rocky?

–Ya lo he vendido.

–¿A quién?

–Xavier, estoy ocupada –dijo Megan–. ¿Para qué me has llamado?

–¿Cuál es el precio de Belle?

–¿Por qué quieres saberlo?

–No aparece en el anuncio.

–Te lo repito: ¿para qué quieres saberlo?

—Porque estoy dispuesto a comprarla... pidas el precio que pidas.

La conexión se cortó y Xavier miró el teléfono. ¿Había sido un error de conexión o Megan había colgado? Sospechaba que era esto último pero no se rebajaría a volver a llamar. Si habían sido desconectados, ella lo llamaría.

El móvil permaneció silencioso.

Furioso, lo tiró sobre la mesa. Y sólo entonces se dio cuenta de que tenía el corazón acelerado. Megan estaba vendiendo todo lo que era importante para ella... por su hijo. No iba a separarse de él aunque le costase quedar en la ruina.

Decidido, volvió a tomar el móvil para llamar a su jefe de cuadras.

—Megan ha vendido a Rocky, averigua quién lo ha comprado.

—¿Perdón? Es medianoche, señor Alexandre...

—Quiero el nombre en mi despacho a mi primera hora. Compra a Rocky y a Commander's Belle, al precio que sea.

—Sí, señor Alexandre.

Xavier cortó la comunicación. Comprando la yegua le daría medios a Megan para luchar contra él por la custodia de su hijo. Pero esos caballos eran su familia, ella misma los había criado desde que nacieron.

Xavier entró en el establo con su jefe de cuadras.

—No es el mismo de siempre, señor Alexandre. Su paso ya no tiene alegría.

«Su paso ya no tiene alegría», eso también podía definirlo a él últimamente, pensó. Se sentía letárgico desde que volvió de Estados Unidos, pero tenía tanto trabajo para finalizar la fusión que era lógico.

Xavier pasó una mano por el cuello de Rocky.

–¿La echas de menos?

«Sí, la echo de menos», tuvo que admitir por fin.

Quería volver con ella y no sólo por el bebé. Echaba de menos su compañía, el brillo de sus ojos que siempre parecía decirle que lo creía capaz de conquistar el mundo. Echaba de menos abrazarla mientras dormía, los desayunos por la mañana. Echaba de menos verla competir y el orgullo que sentía al saber que era su mujer.

Echaba de menos cómo lo amaba.

Esa admisión lo hizo sentir débil, como si fuera menos hombre.

Inquieto, se volvió hacia su empleado.

–¿Qué ha pasado con Belle?

–La señorita Sutherland se niega a venderla, señor Alexandre. O, más bien, se niega a vendérsela a usted.

–¿Le has ofrecido el dinero que te indiqué?

–Le ofrecí más, pero siguió negándose.

–Quiero esa yegua –afirmó Xavier.

–¿Le importa si le pregunto por qué? Belle es un buen caballo pero está casi al final de su carrera. Y el precio es demasiado alto para una yegua.

¿Por qué quería los caballos de Megan?

No iba a montarlos y tampoco pensaba dejar que los montase nadie más. Megan y Belle habían sido un equipo y verla sobre la silla era como ver un ballet. Pero su deseo de poseer ambos caballos era innegable.

Si sus caballos estaban allí, ella iría a verlos. Algún día, quizá. Y entonces él se los regalaría... eso era lo que había soñado.

Quería los caballos de Megan porque la quería a ella, tuvo que reconocer por fin.

Nervioso, Xavier salió del establo y se dirigió al corral de prácticas, notando vagamente que el sol empezaba a ponerse tras los robles. El atardecer, el momento favorito de Megan. Pero el corral estaba vacío, no había jinetes entrenando.

Ni Megan.

Y quería recuperarla con mucha más pasion que recuperar la finca de su padre. La quería más que a la empresa Debussey. Su deseo de estar con ella era más profundo que el deseo de superar a su padre, de enmendar sus errores, de ser un hombre mejor.

Quería recuperar a Megan porque desde que no estaban juntos en su corazón había un espacio vacío que no sabía cómo llenar.

Suspirando, Xavier apoyó los brazos sobre la cerca. Quería recuperar a Megan porque la amaba con todo su corazón.

Amar.

Él.

Imposible.

Aparentemente no.

Pero para estar con Megan tendría que olvidarse de todo aquello por lo que había trabajado durante los últimos quince años...

¿Y cómo iba a respetarlo Megan si él no se respetaba a sí mismo?, se preguntó.

Le había hecho promesas a Cecille, a Debussey. Tenía que romper esas promesas y entonces, sólo entonces, podría volver a los brazos de Megan.

Si ella lo aceptaba.

Xavier estaba en el vestíbulo de la mansión Alexandre, al lado del señor Debussey, diciéndole adiós a su largamente acariciado sueño de recuperar el hermoso *château*.

Pero por hermoso que fuera, jamás sería un hogar si no tenía a Megan y a su hijo.

–¿Entonces estamos de acuerdo en los términos? –le preguntó a Debussey.

–*Oui*. Yo le venderé Perfumes Debussey y, a cambio, Cecille se convertirá en la portavoz e imagen del nuevo perfume de la casa.

–Contrataré al mejor entrenador de modelos que haya en París. Pero se lo advierto, Cecille tendrá que esforzarse mucho. El mundo de las modelos es muy competitivo.

El viejo Debussey asintió con la cabeza.

–Espero que no le importe que me pase alguna vez por las oficinas.

–No, claro que no. Siempre será bienvenido en la empresa Alexandre-Debusssey –respondió Xavier.

Después de estrechar su mano, salió del *château* intentando contener la emoción. Pero no estaba emocionado por haberse convertido en el propietario de las dos empresas de perfumería más importantes de Francia. La adrenalina que lo hacía caminar a grandes zancadas era debida a que estaba a punto de conseguir todo lo que quería.

Si Megan le decía que sí.

—Para el coche —dijo Megan al ver una figura familiar en el porche de su casa.

Hannah pisó el freno, asustada.

—¿Qué ocurre?

—Xavier está ahí.

—Maldito sea…

Hannah iba a salir del coche, pero Megan se lo impidió sujetándola del brazo.

—No, lo haré yo.

—Megan, no seas boba. Alguien tiene que decirle a ese hombre que se vaya al infierno y después de discutir con el organizador de mi boda yo estoy dispuesta a hacerlo.

—No, gracias. Tengo que lidiar con Xavier yo misma. Vamos a tener un hijo juntos y lo mejor será que aprendamos a comportarnos de manera civilizada —Megan suspiró—. Míralo por el lado bueno. A lo mejor ha venido a decirme que he ganado.

No había muchas posibilidades de que así fuera, pero Hannah no tenía por qué saber eso.

—Muy bien, te espero aquí —dijo su prima.

—No, vete a casa. Wyatt te estará esperando. ¿No me has dicho que tenías planeada una cena especial?

–Sí, pero…

–No pasa nada, estoy bien. Puedo hablar con Xavier sin desmayarme, no te preocupes.

–De acuerdo. Pero si se pone pesado, llámame al móvil, ¿eh?

–Lo haré.

Reuniendo valor, Megan bajó del coche intentando contener un ciclón de emociones que apenas podía identificar. Cuando llegó a su lado vio que tenía aspecto cansado pero seguía estando muy guapo con los vaqueros y la camisa negra, como un pirata. Y ella debía recordar que, como un corsario, seguramente no había ido allí para nada bueno.

–Mi abogado me ha dicho que no debo hablar contigo.

–¿Y vas a hacerle caso?

Tenía la excusa perfecta para hacerlo pero la curiosidad, y una diminuta llama de esperanza, no se lo permitieron.

–No –respondió–. ¿Qué quieres, Xavier?

–Te has negado a venderme a Belle.

–¿Por qué quieres comprarla? Aparte de para fastidiarme, claro.

–Rocky la echa de menos.

Megan contuvo el aliento.

–El comprador de Rocky era un jinete muy joven…

–Y él obtuvo un buen margen de beneficios vendiéndomelo a mí.

Cuando Xavier Alexandre quería algo lo conseguía como fuera, recordó Megan.

–¿Estás intentando arrebatármelo todo?

–No, Rocky es tuyo. Con la condición de que no vuelvas a venderlo –dijo Xavier.

–¿Has comprado mi caballo para devolvérmelo? –preguntó ella, desconcertada.

–Tú tenías razón, el dinero no es lo más importante del mundo.

Megan frunció el ceño. Una parte de ella querría gritar: ¡Eureka! pero no confiaba en esa expresión contrita.

–Ya.

–¿El bebé sigue moviéndose?

–Todos los días.

¿Puedo?

Megan puso las manos sobre su estómago en un gesto defensivo.

–Xavier, ¿por que has venido?

–Para decirte que he retirado la demanda de custodia.

–Pero mi abogado no me ha dicho nada...

Xavier metió la mano en el bolsillo del pantalón para sacar unos papeles.

–Todo está aquí. Le pedí que me dejara decírtelo personalmente.

Megan tomó el documento pero no habría sido capaz de descifrar lo que decía aunque le fuera la vida en ello.

–¿Por qué? Tú nunca te rindes cuando quieres algo.

–Y quiero algo, a ti.

Ella contuvo el aliento.

–¿Qué quieres decir?

–Que nuestro hijo o hija será afortunado de tenerte como madre. Estabas dispuesta a sacrificarlo todo por él, tus caballos, tu carrera. Eso demuestra que siempre será lo más importante en tu vida.

–Por supuesto.

–Te compraré un establo aquí o en Francia, donde prefieras vivir –dijo Xavier–. Tú misma elegirás la propiedad. Y pagaré el salario de la mejor niñera que encontremos para que el bebé pueda ir contigo a todas partes cuando vuelvas a la competición.

Un establo propio había sido su sueño durante años, pero jamás había esperado poder comprar uno. Xavier estaba ofreciéndole todo lo que había querido siempre.

–¿Cuál es la trampa? –le preguntó.

–No hay ninguna trampa. Tú tenías razón, el dinero no es lo más importante en la vida. Lamento mucho que mi padre se fuera a la tumba conmigo maldiciéndole por haber deshonrado el apellido Alexandre –Xavier sacudió la cabeza–. Estaba equivocado. Él no avergonzó a la familia, al contrario, la honró siguiendo los dictados de su corazón. Se casó con mi madre y me dio su apellido. Ya no puedo pedirle perdón pero sí puedo pedírtelo a ti. Siento mucho toda la angustia que te he causado, Megan.

–Éste es un cambio sorprendente.

–Me he equivocado –reconoció él–. Y te necesito en mi vida.

La emoción hizo que Megan tuviera que contener un sollozo.

–Tú sabes que sólo hay una forma de que eso ocurra. Rompe tu…

–Ya lo he hecho –la interrumpió Xavier–. No voy a casarme con Cecille. No hay honor en casarse por dinero. Para ella es un alivio y su padre y yo hemos llegado a un acuerdo: Cecille será la imagen del nuevo perfume Alexandre-Debussey y no tendrá que casarse conmigo.

–¿Alexandre-Debussey?

–He comprado la empresa.

–¿Y la finca de tu familia?

–Una vez me dijiste que no merecía la pena tener una casa si no había una familia con la que compartirla… esa finca no hubiera sido un hogar y Debussey quiere conservarla por razones personales –Xavier se encogió de hombros–. Ha sido un hogar para él, el que compartió con la madre de Cecille.

De repente, Megan se llevó una mano al abdomen.

–Creo que el niño lo aprueba.

Xavier la tocó pero apartó la mano al notar una patada.

–Madre mía, qué fuerza…

Megan suspiró profundamente, intentando encontrar valor.

–Mira, agradezco mucho tu oferta pero me temo que debo declinar.

–¿Por qué? Te estoy ofreciendo todo lo que quieres.

–Lo único que quería de ti es algo que podías darme sin que te costase nada: tu amor.

–¿Y mis actos no demuestran que me importas de verdad?

Le importaba, pero no la quería.

Megan se dirigió a la puerta de la casa, decidida a lamer sus heridas en privado, pero Xavier sujetó su brazo.

–Megan, el establo, el dinero, todo lo que tengo es tuyo aunque decidas que no quieres ser parte de mi vida. Quiero lo mejor para ti, quiero que seas feliz. Sólo tú sabes si esa felicidad me incluye a mí.

–¿Qué?

–No voy a mentirte, *mon amante*, me encantaría estar a tu lado durante el resto de mi vida, hacerme viejo contigo. Tú eres la única mujer a la que quiero hacer esa promesa –dijo Xavier–. Y espero que puedas perdonarme por haber sido tan imbécil.

Megan lo miró, incrédula. Lo que estaba diciendo era demasiado bueno para ser verdad y temía volver a creer en el cuento de hadas porque no podría soportar otra desilusión.

–¿Qué quieres de mí, Xavier?

–Quiero amarte como solía hacerlo –respondió él, levantando una mano para acariciarle la cara–. Y que tú me ames como antes.

–¿Y esto no es por el niño?

–No, *mon amante… mon amour*–la frase de Xavier hizo que su corazón se lanzase al galope. Acababa de llamarla «mi amor».

Y entonces vio la verdad en sus ojos. La amaba.

–Nunca he dejado de quererte, Xavier. Lo he intentado, créeme, pero no he conseguido hacerlo.

Xavier metió una mano en el bolsillo para sacar una alianza.

—Es de platino y el joyero que la ha diseñado me ha asegurado que es prácticamente indestructible –le dijo, poniéndosela en el dedo–. Cásate conmigo, Megan. Lleva esta alianza en el dedo y pasemos el resto de nuestras vidas amándonos.

Las emociones la abrumaban. Xavier estaba ofreciéndole todo lo que había soñado, incluso más. Un hogar, una familia, un hombre que la amaba como se habían amado sus padres y que quería pasar el resto de su vida con ella…

—Me encantaría casarme contigo y hacerme mayor contigo y tener hijos contigo. Sí, me casaré contigo, Xavier.

Él dejó escapar el aire que había estado conteniendo.

—*Merci, mon amour.*

Y luego la tomó entre sus brazos para darle un beso tan tierno, tan reverente que una lágrima rodó por su mejilla. Xavier la amaba e iban a tener un hijo. Megan casi temía estar soñando.

Epílogo

«No llores, no llores».

Megan parpadeó furiosamente para contener las lágrimas en la rectoría de la catedral. No había esperado que aquel día llegase nunca y su corazón estaba tan lleno de amor que parecía a punto de explotar.

–Se te va a estropear el maquillaje –le advirtió su prima mientras colocaba una última horquilla para sujetar el velo.

–Tranquila, Hannah Faith –dijo Nellie–. No hace mucho tú estabas llorando en tu boda. Las lágrimas de felicidad son siempre bienvenidas, es la manera en la que el cuerpo hace sitio para la felicidad. Toma un pañuelo, cariño.

Megan se secó los ojos con cuidado, mirando a las dos mujeres a las que más quería.

–Gracias por todo.

–Gracias a ti –dijo Nellie–. Es un honor para mí que lleves mi vestido de novia y sé que mi madre estará sonriendo en el cielo ahora mismo. Estás preciosa.

Un vestido de novia antiguo, algo que jamás había pensado ponerse. Un vestido que tenía no uno sino dos matrimonios felices detrás. Cuando Nellie se lo ofreció, Megan se había sentido conmovida.

—Y tal vez algún día, esta niña lo llevará también —añadió Nellie, tocando su abdomen.

Su hija. La hija de Xavier y ella. Lo habían descubierto el día anterior. Empezarían el año con una niña.

—Nellie tiene razón —dijo Hannah—. Estás preciosa. Y el velo de mi madre va perfectamente con el vestido. Con ese corte imperio ni siquiera se nota que estés embarazada de siete meses. Y a Xavier le va a encantar el escote, te lo aseguro.

—Me siento como una princesa. Una princesa muy embarazada, pero…

—No puedo creer que Xavier haya organizado todo esto tan rápido —Hannah, a quien también se le empezaba a notar el embarazo, le entregó el ramo de novia, una colección de sus flores favoritas.

—Cuando algo le importa es capaz de hacer milagros.

—Y vuestra boda es muy importante para él, eso está claro. La catedral, el banquete en la finca, el carruaje que está esperando en la puerta… es un romántico.

—Ah, veo que ya no le odias —bromeó Megan.

—¿Cómo voy a odiarlo? Ha comprado la granja Haithcock y ha donado los establos y los pastos para mi organización de rescate de caballos. Ahora podré rescatar a un montón de caballos viejos y enfermos… pero lo mejor de todo es que vais a conservar la granja Haithcock para ir de vacaciones y podremos estar juntas. Y nuestros hijos se llevarán tan bien como nosotras. Pero sobre todo, ¿Cómo iba a odiar a un hombre que te quiere tanto y te hace tan feliz?

—Eso es verdad –asintió Megan.

Alguien llamó a la puerta entonces. Era Wyatt.

—Hora de empezar –anunció, tomando a Nellie del brazo–. En cuanto deje a esta chica tan guapa en su sitio, vendré a buscar a la novia y a la dama de honor. Vamos, señoras, el novio quiere casarse cuanto antes.

Nellie se puso colorada.

—Habéis encontrado un par de seductores, pero Wyatt tiene razón. Hora de casarte, Megan.